Scherz Krimi
Spannung mit Niveau

Von Agatha Christie sind erschienen:

Das Agatha Christie Lesebuch
Alibi
Alter schützt vor Scharfsinn nicht
Auch Pünktlichkeit kann töten
Auf doppelter Spur
Der ballspielende Hund
Bertrams Hotel
Der blaue Expreß
Blausäure
Das Böse unter der Sonne oder Rätsel um Arlena
Die Büchse der Pandora
Der Dienstagabend-Klub
Ein diplomatischer Zwischenfall
Dreizehn bei Tisch
Elefanten vergessen nicht
Die ersten Arbeiten des Herkules
Das Eulenhaus
Das fahle Pferd
Fata Morgana
Das fehlende Glied in der Kette
Ein gefährlicher Gegner
Das Geheimnis der Goldmine
Das Geheimnis der Schnallenschuhe
Das Geheimnis von Sittaford
Die großen Vier
Das Haus an der Düne
Hercule Poirot's größte Trümpfe
Hercule Poirot schläft nie
Hercule Poirot's Weihnachten
Karibische Affäre
Die Katze im Taubenschlag
Die Kleptomanin
Das krumme Haus
Kurz vor Mitternacht
Lauter reizende alte Damen
Der letzte Joker
Die letzten Arbeiten des Herkules
Der Mann im braunen Anzug
Die Mausefalle und andere Fallen
Die Memoiren des Grafen
Mit offenen Karten
Mörderblumen
Mördergarn
Die Mörder-Maschen
Mord auf dem Golfplatz
Mord im Orientexpreß
Mord im Pfarrhaus
Mord im Spiegel oder Dummheit ist gefährlich
Mord in Mesopotamien
Mord nach Maß
Ein Mord wird angekündigt
Die Morde des Herrn ABC
Morphium
Nikotin
Poirot rechnet ab
Rächende Geister
Rotkäppchen und der böse Wolf
Ruhe unsanft
Die Schattenhand
Das Schicksal in Person
Schneewittchen-Party
Ein Schritt ins Leere
16 Uhr 50 ab Paddington
Der seltsame Mr. Quin
Sie kamen nach Bagdad
Das Sterben in Wychwood
Der Tod auf dem Nil
Tod in den Wolken
Der Tod wartet
Der Todeswirbel
Tödlicher Irrtum oder Feuerprobe der Unschuld
Die Tote in der Bibliothek
Der Unfall und andere Fälle
Der unheimliche Weg
Das unvollendete Bildnis
Die vergeßliche Mörderin
Vier Frauen und ein Mord
Vorhang
Der Wachsblumenstrauß
Wiedersehen mit Mrs. Oliver
Zehn kleine Negerlein
Zeugin der Anklage

Agatha Christie

Rächende Geister

Scherz
Bern – München – Wien

Überarbeitete Fassung der einzig berechtigten Übertragung aus dem Englischen
von Ursula von Wiese
Titel des Originals: »Death Comes as the End«
Schutzumschlag von Heinz Looser
Foto: Thomas Cugini

20. Auflage 1990, ISBN 3-502-51153-5

Gesamtherstellung: Ebner Ulm

1

Zweiter Monat der Überschwemmung – 20. Tag

Renisenb blickte über den Nil.
Aus der Ferne vernahm sie die lauten Stimmen ihrer Brüder Yahmose und Sobek, die sich darüber stritten, ob die Dämme an einer bestimmten Stelle verstärkt werden müßten. Sobeks Stimme klang hoch und zuversichtlich wie immer. Yahmoses Stimme, tief und murrend, drückte Zweifel und Besorgnis aus. Yahmose sorgte sich stets um irgend etwas. Er war der älteste Sohn, und während der Abwesenheit des Vaters lag die Leitung des Besitzes mehr oder weniger in seinen Händen. Yahmose war langsam, bedächtig und neigte dazu, Schwierigkeiten zu sehen, wo gar keine bestanden. Er war ein vierschrötiger Mann, der sich schwerfällig bewegte und der nichts von Sobeks Fröhlichkeit und Vertrauensseligkeit besaß.
Seit ihrer frühesten Kindheit kannte Renisenb die Streitereien zwischen den beiden älteren Brüdern, die sich stets im gleichen Tonfall abspielten. Das vermittelte ihr plötzlich ein Gefühl der Sicherheit. Sie war daheim. Ja, sie war heimgekehrt . . .
Doch als sie abermals über den schimmernden Fluß blickte, erhoben sich erneut Schmerz und Aufruhr in ihr. Khay, ihr junger Gatte, war tot . . . Khay mit dem lachenden Gesicht und den starken Schultern. Khay befand sich bei Osiris im Reich der Toten . . . und sie, Renisenb, sein zärtlich geliebtes Weib, war einsam zurückgeblieben. Acht Jahre hatten sie miteinander verbracht – fast ein Kind noch, war sie zu ihm gekommen –, und jetzt war sie mit dem Kind Khays, Teti, in ihr Vaterhaus zurückgekehrt.
Sie wollte diese acht Jahre vergessen – so erfüllt von unaussprechlichem Glück, so zerstört durch Verlust und Schmerz.
Ja, sie wollte vergessen und wieder Renisenb werden, des Ka-Priesters Imhotep Tochter, ein sorgloses Mädchen. Diese Liebe eines Gatten war etwas Grausames gewesen, das sie

mit seiner Süßigkeit getäuscht hatte. Sie dachte an die starken Bronzeschultern, an den lachenden Mund – jetzt war Khay einbalsamiert, von Bändern umhüllt, geschützt durch Amulette auf seiner Reise durch die andere Welt.

Renisenb dachte: Ich will nicht mehr daran denken. Es ist vorbei! Ich bin wieder daheim. Alles ist wie früher. Teti hat bereits vergessen. Sie spielt mit den anderen Kindern und lacht.

Unvermittelt wandte Renisenb sich ab und kehrte zum Haus zurück. Unterwegs kam sie an einigen Eseln vorbei, die zum Flußufer getrieben wurden. Sie ging an den Kornspeichern und Nebengebäuden vorüber und trat durch das Tor in den Hof – einen schönen Hof. Da gab es einen künstlichen See, umgeben von blühendem Oleander und Jasmin und beschattet von Sykomoren. Teti und die anderen Kinder spielten jetzt hier; sie liefen unter schrillem Geschrei in den kleinen Pavillon, der auf der einen Seite des Sees stand, und wieder heraus. Renisenb bemerkte, daß Teti mit einem hölzernen Löwen spielte, dessen Maul sich mittels einer Schnur öffnen und schließen ließ – ein Spielzeug, mit dem sie selber als Kind sich gern beschäftigt hatte.

Wieder dachte sie: Ich bin heimgekehrt . . . Nichts hatte sich hier verändert, alles war wie früher. Hier war das Leben sicher, beständig, unwandelbar.

Der Ball, mit dem die Kinder spielten, rollte ihr vor die Füße; sie hob ihn auf und warf ihn lachend zurück.

Sie schritt auf den Hauseingang mit seinen fröhlich bemalten Säulen zu, ging dann durch den großen Hauptraum mit dem aufgemalten Fries von Lotos- und Mohnblüten und weiter zum Frauenquartier im rückwärtigen Teil des Hauses.

Aufgeregte Stimmen drangen an ihr Ohr, und sie blieb wieder stehen, vergnügt den altvertrauten Lauten lauschend. Satipy und Kait, die sich wie immer stritten! Wie gut erinnerte sie sich der hohen, alles übertönenden Stimme Satipys! Satipy war das Weib ihres Bruder Yahmose, eine große, tatkräftige, laute Frau, auf ihre harte, herrische Weise eine schöne Frau. Sie redete dauernd in selbstbewußtem Ton, hetzte die

Diener herum, fand an allem etwas zu tadeln und erreichte durch Prügeln und Schimpfen die unmöglichsten Dinge. Jedermann fürchtete ihre Zunge und beeilte sich, ihren Befehlen zu gehorchen. Yahmose selbst hegte die größte Bewunderung für sein resolutes, feuriges Weib und ließ sich von ihr oft in einer Weise herumkommandieren, die Renisenb häufig aufgebracht hatte.

Bisweilen, wenn Satipy eine Pause machte, wurde Kaits ruhige, eigensinnige Stimme hörbar. Kait war eine breitgebaute, häßliche Frau, das Weib des schönen, fröhlichen Sobek. Sie liebte ihre Kinder über alles und sprach selten von etwas anderem. Bei den täglichen Streitereien mit der Schwägerin vertrat sie ihren Standpunkt einfach dadurch, daß sie immer die gleichen Worte mit ruhiger, unerschütterlicher Hartnäkkigkeit wiederholte. Nie geriet sie in Hitze oder Leidenschaft, und nie betrachtete sie eine Frage von einem anderen Gesichtspunkt aus als von ihrem eigenen. Sobek hing sehr an seiner Frau und erzählte ihr offen von all seinen Angelegenheiten, weil er sicher war, daß sie sich später mal an nichts Unbequemes mehr erinnern würde, da sie beim Zuhören im Geiste doch stets bei einer Frage weilte, die mit den Kindern zusammenhing.

»Es ist eine Schande, jawohl!« rief Satipy. »Wenn Yahmose nur den Verstand einer Maus hätte, würde er es keinen Augenblick dulden! Wer hat die Verantwortung, wenn Imhotep fort ist? Yahmose! Und als Yahmoses Weib sollte ich als erste die Matten und Kissen auswählen dürfen. Dieses Flußpferd von einem schwarzen Sklaven sollte . . .«

Kaits schwerfällig tiefe Stimme fiel ein: »Nein, nein, meine Kleine, du mußt nicht die Haare deiner Puppe essen. Schau, hier hast du etwas Besseres . . . oh, wie gut!«

»Du bist sehr unhöflich, Kait. Du hörst mir nicht einmal zu, du antwortest nicht. Dein Benehmen ist unmöglich.«

»Das blaue Kissen hat von jeher mir gehört. Ach, sieh nur die kleine Ankh . . . sie versucht zu laufen . . .«

»Du bist so dumm wie deine Kinder, Kait. Aber so kommst du mir nicht davon. Ich will mein Recht, das sage ich dir.«

Renisenb wollte gerade weitergehen, als sie leise Schritte

hinter sich hörte. Erschrocken drehte sie sich um, und da erblickte sie mit dem altvertrauten Gefühl der Abneigung Henet.

Henet hatte ihr mageres Gesicht zu ihrem üblichen, irgendwie kriecherischen Lächeln verzogen.

»Es hat sich nichts geändert, wirst du wohl denken, Renisenb«, sagte sie. »Wie wir alle Satipys Zunge ertragen, weiß ich nicht! Natürlich kann Kait ihr entgegentreten. Aber einige von uns sind nicht so glücklich! Ich kenne meinen Platz – ich weiß, wie dankbar ich deinem Vater sein muß, daß er mir ein Heim, Nahrung und Kleidung gibt. Oh, er ist ein guter Mann, dein Vater. Und ich habe mich stets bemüht zu tun, was ich vermag. Ich arbeite immerzu, packe da und dort mit an und erwarte keinen Dank. Wenn deine liebe Mutter noch lebte, wäre alles anders. Sie wußte mich zu würdigen. Wie Schwestern waren wir! Eine schöne Frau war sie. Nun, ich habe meine Pflicht getan und das ihr gegebene Versprechen gehalten. ›Sorge für die Kinder, Henet‹, sagte sie, als sie im Sterben lag. Und ich habe mein Wort getreulich gehalten. Abgerackert habe ich mich für euch alle und nie einen Dank verlangt. Nie verlangt und nie erhalten! ›Es ist ja nur die alte Henet‹, heißt es, ›die zählt nicht.‹ Niemand denkt jemals an mich. Warum auch? Ich versuche bloß, mich nützlich zu machen, weiter nichts.«

Wie ein Aal schlüpfte sie unter Renisenbs Arm hindurch und trat in das innere Zimmer.

»Was diese Kissen betrifft, Satipy, so entschuldige bitte, aber zufällig hörte ich Sobek sagen . . .«

Renisenb entfernte sich. Sonderbar, wie sie alle eine Abneigung gegen Henet hegten! Das lag wohl an ihrer klagenden Stimme, ihrem beständigen Mitleid mit sich selbst und ihrer Leidenschaft, Streitigkeiten zu schüren.

Nun ja, dachte Renisenb, irgendein Vergnügen mußte man Henet schließlich lassen. Es stimmte, daß sie sich abrackerte und daß niemand ihr Dankbarkeit bezeugte. Man konnte Henet nicht dankbar sein – sie wies selber auf ihre Verdienste hin, so daß jegliches wärmere Gefühl, das man für sie empfinden mochte, erkaltete.

Henet gehörte zu den Menschen, deren Schicksal es war, sich für andere aufzuopfern und niemanden zu haben, der sich für sie aufopferte. Sie war reizlos und außerdem dumm. Doch wußte sie stets, was vor sich ging. Ihr geräuschloser Gang, ihre scharfen Ohren und ihre flinken, spähenden Augen sorgten dafür, daß ihr kein Geheimnis verborgen blieb. Manchmal behielt sie ihr Wissen für sich, manchmal jedoch ging sie tuschelnd von einer Person zur anderen und beobachtete dann aus dem Hintergrund voll boshaften Vergnügens die Ergebnisse ihrer Klatschereien.
Irgendwann einmal hatte schon jeder im Hause Imhotep gebeten, Henet fortzuschicken, doch Imhotep wollte nichts davon hören. Er war vielleicht der einzige Mensch, der sie gern hatte; und sie vergalt ihm seine Gunst mit jener bedingungslosen Ergebenheit, die die übrige Familie so widerlich fand.
Einen Augenblick verharrte Renisenb unschlüssig; dann ging sie langsam in die kleine Kammer, wo ihre Großmutter, Esa, sich in Gesellschaft von zwei kleinen schwarzen Sklavinnen befand. Sie war gerade damit beschäftigt, einige Linnengewänder zu prüfen, und sie schalt die Mädchen auf die für sie kennzeichnende freundliche Art.
Ja, alles war wie früher. Unbemerkt stand Renisenb da und lauschte. Die alte Esa war ein wenig eingeschrumpft, aber ihre Stimme hatte sich nicht verändert, und sie sagte das gleiche, beinahe Wort für Wort, wie vor acht Jahren, ehe Renisenb die Heimat verließ . . .
Renisenb schlüpfte wieder hinaus. Weder die alte Frau noch die beiden kleinen Sklavinnen hatten sie bemerkt. Eine Weile blieb sie vor der offenen Küchentür stehen. Der Geruch von gebratenen Enten; lautes Lachen und Schelten durcheinander; ein Berg von Gemüse, der auf Zubereitung wartete . . .
Frauenstimmen von überall her.
Ein Haus voller Frauen, die nie ruhig, nie friedlich waren, die fortwährend redeten, aber nichts taten!
Renisenb trat rasch wieder aus dem Haus in die heiße, klare Stille. Sie sah Sobek von den Feldern zurückkommen, und in

der Ferne gewahrte sie Yahmose, der zum Grab hinaufging.
Sie bog in den Pfad ein, der zu den Kalksteinfelsen führte, wo die Grabstätte lag. Es war das Grab des großen edlen Meriptah, das ihr Vater als Totenpriester zu hüten hatte. Der ganze Besitz und das Land ringsum gehörten zu der Grabstiftung.
Während der Abwesenheit ihres Vaters oblagen ihrem Bruder Yahmose die Pflichten des Ka-Priesters. Als Renisenb oben anlangte, traf sie Yahmose im Gespräch mit Hori, dem Verwalter ihres Vaters, in einer kleinen Felsenkammer neben dem Eingang zum Grab.
Hori hatte eine Papyrusrolle über den Knien ausgebreitet, und er und Yahmose beugten sich darüber.
Sowohl Yahmose als auch Hori lächelten, als sie Renisenb bemerkten, und sie ließ sich in ihrer Nähe im Schatten nieder. Sie hatte ihren Bruder Yahmose von jeher geliebt. Er war stets freundlich und liebevoll zu ihr und hatte ein sanftes Gemüt. Auch Hori war in seiner ernsten Art zu der kleinen Renisenb stets gütig gewesen und hatte ihr öfters ihr Spielzeug instand gesetzt. Er war ein herber, schweigsamer junger Mann gewesen, als sie fortging. Renisenb fand, daß er sich kaum verändert hatte, obwohl er älter geworden war.
Während Yahmose und Hori über den Handel mit Gerste und Öl sprachen, blieb Renisenb still und zufrieden im Hintergrund sitzen.
Nach einer Weile entfernte sich Yahmose.
Renisenb deutete auf die Papyrusrolle in Horis Hand und fragte:
»Ist das von meinem Vater?«
Hori nickte.
»Was steht darin?« erkundigte sie sich neugierig.
Sie betrachtete die Zeichen, die ihren leseunkundigen Augen nichts sagten.
Mit einem leichten Lächeln beugte Hori sich über ihre Schulter, und sein Finger fuhr den Schriftzeichen nach, während er vorlas:
»Der Ka-Diener Imhotep sagt: Möge euch Gesundheit be-

schieden sein wie denen, die lange leben. Mögen die Götter euch schirmen. Der Sohn spricht zu seiner Mutter, der Ka-Diener zu seiner Mutter Esa: Lebst du in Gesundheit und Sicherheit? Zu seinem Sohn Yahmose: Lebst du in Gesundheit und Sicherheit? Bebaue mein Land nach allen Kräften. Arbeite hart. Siehe, wenn du fleißig bist, will ich die Götter loben . . .«

Renisenb lachte: »Der arme Yahmose! Er arbeitet sicherlich hart genug.«

Die Ermahnung des Vaters ließ den Priester wie lebendig vor ihr inneres Auge treten – seine würdige Erscheinung, seine leicht zur Übertreibung neigenden Mahnreden und dauernden Anweisungen.

Hori fuhr fort:

»Achte sorgsam auf meinen Ipy. Ich höre, daß er unzufrieden ist. Sieh auch darauf, daß Satipy Henet gut behandelt. Vergiß nicht, über Flachs und Öl zu berichten. Achte auf das Wachstum meines Korns, achte auf alles, was mein ist; denn ich werde dich zur Rechenschaft ziehen. Wenn mein Land überschwemmt wird, wehe dir und Sobek.«

»Mein Vater ist genau wie früher«, sagte Renisenb fröhlich. »Immer denkt er, daß nichts recht getan wird, wenn er nicht hier ist.«

Hori antwortete nicht; er nahm einen Papyrus und begann zu schreiben.

Eine Zeitlang sah Renisenb ihm zu, dann bemerkte sie träumerisch: »Es wäre wohl interessant, schreiben zu können. Warum lernen es nicht alle Menschen?«

»Das ist nicht nötig.«

»Vielleicht nicht nötig, aber angenehm.«

»Glaubst du, Renisenb? Was für einen Unterschied würde es für dich bedeuten?«

Renisenb überlegte, ehe sie antwortete: »Wenn du mich so direkt fragst, Hori, dann weiß ich es wirklich nicht.«

Hori sagte: »Jetzt werden auf einem großen Besitztum nur wenige Schreibkundige gebraucht, aber der Tag wird kommen, da es in Ägypten Scharen von Schreibkundigen gibt.«

»Das wird gut sein«, meinte Renisenb.
»Ich bin da nicht so sicher«, gab Hori zurück.
Renisenb betrachtete ihn forschend. Dann sagte sie bedächtig: »Ich glaube, ich weiß, was du meinst. Nur die Dinge, die man sehen und berühren und essen kann, sind wirklich. Es bedeutet nichts niederzuschreiben: ›Ich habe zweihundertvierzig Scheffel Gerste‹, wenn man sie nicht tatsächlich hat. Man könnte Lügen schreiben.«
Hori lächelte über ihre ernste Miene. Ganz unvermittelt bemerkte Renisenb: »Du hast mir einst meinen Löwen wieder instand gesetzt, erinnerst du dich?«
»Ja, ich erinnere mich, Renisenb.«
»Jetzt spielt Teti damit ... Es ist derselbe Löwe.« Sie machte eine Pause, dann fuhr sie schlicht fort: »Als Khay zu Osiris ging, war ich sehr traurig. Doch nun bin ich heimgekehrt, und ich werde wieder glücklich sein und vergessen – denn hier ist alles wie früher. Nichts, gar nichts hat sich geändert.«
»Glaubst du das wirklich?«
Renisenb blickte ihn forschend an.
»Was meinst du damit, Hori?«
»Ich meine, daß es immer Veränderungen gibt. Acht Jahre sind acht Jahre.«
»Nein, nein, ich möchte, daß alles ist wie früher!«
»Aber du selbst bist ja auch nicht mehr die gleiche Renisenb, die mit Khay fortging.«
»O doch! Und wenn nicht, so werde ich es bald wieder sein. Und du bist derselbe geblieben, Hori.«
»Das denkst du nur, aber es stimmt nicht.«
»Doch, doch, und Yahmose ist der gleiche geblieben, so sorgenvoll und behutsam. Satipy befiehlt ihm wie früher, und sie und Kait haben ihren üblichen Streit, und dann versöhnen sie sich wieder lachend; Henet schleicht lauschend umher und gebärdet sich unterwürfig, und meine Großmutter macht ein Aufhebens um ein Stück Linnen! Genau wie früher. Und bald wird mein Vater heimkommen, und dann gibt es große Aufregung, und er wird sagen: ›Warum hast du dieses getan und jenes unterlassen?‹ Yahmose wird bekümmert dreinblicken, und Sobek wird frech darüber lachen. Mein Vater wird den

jetzt sechzehnjährigen Ipy verwöhnen, wie er ihn verwöhnt hat, als er acht Jahre alt war, und nichts wird sich geändert haben!«
Atemlos hielt sie inne.
Hori seufzte. Dann entgegnete er freundlich: »Du begreifst nicht, Renisenb. Es gibt das Übel, das von außen kommt, das sichtbar ist, wenn es angreift, aber es gibt auch noch eine andere Verderbnis, die innerlich ausgebrütet wird, die sich äußerlich nicht zeigt. Sie wächst langsam, Tag für Tag, bis schließlich die ganze Frucht verfault ist, von Krankheit zerfressen.«
Renisenb starrte ihn an.
»Was meinst du damit? Was ist dieses Übel, von dem du sprichst?«
Er sah sie an, und plötzlich lächelte er.
»Vergiß, was ich gesagt habe, Renisenb. Ich dachte an die Krankheiten, die die Früchte des Feldes befallen.«
Sie stieß einen Seufzer der Erleichterung aus.
»Da bin ich aber froh. Ich dachte . . . ach, ich weiß nicht, was ich dachte.«

2

Dritter Monat der Überschwemmung – 4. Tag

Satipy sprach mit Yahmose. Ihre Stimme klang schrill.
»Du mußt dich behaupten! Das sage ich. Du wirst nie etwas taugen, wenn du dich nicht behauptest. Dein Vater befiehlt dieses und jenes und macht dir Vorwürfe, wenn du etwas unterlassen hast. Und du hörst ihm widerspruchslos zu, entschuldigst dich, weil etwas nicht getan worden ist – etwas, das oft ganz unmöglich zu machen wäre! Dein Vater behandelt dich wie ein Kind, wie einen Knaben! Als ob du so alt wie Ipy wärst.«
Yahmose versetzte ruhig: »Mein Vater behandelt mich keineswegs wie Ipy.«

»Das stimmt.« Satipy ging sofort zu erneutem Angriff über. »Er ist ganz vernarrt in den verwöhnten Bengel! Mit jedem Tag wird Ipy unerträglicher. Er stolziert umher, rührt keine Hand und tut so, als ob alles, was von ihm gefordert wird, zu schwer für ihn wäre! Es ist eine Schande. Und all das, weil er weiß, daß dein Vater immer seine Partei ergreifen wird. Du und Sobek, ihr solltet etwas dagegen unternehmen.«
Yahmose zuckte die Schultern.
»Was –?«
»Du machst mich noch wahnsinnig, Yahmose – das sieht dir ähnlich! Du hast keinen Mut. Du bist schwach wie ein Weib. Allem, was dein Vater sagt, stimmst du zu!«
»Ich liebe meinen Vater eben.«
»Ja, und damit rechnet er! Immer nimmst du alle Schmach auf dich und tust Abbitte für Dinge, die gar nicht durch deine Schuld entstanden sind! Du solltest widersprechen wie Sobek. Sobek fürchtet sich vor keinem Menschen!«
»Ja, aber vergiß nicht, Satipy, daß mein Vater mir vertraut, nicht Sobek. Mein Vater überträgt Sobek keine Verantwortung. Alles bleibt meiner Entscheidung überlassen.«
»Und darum solltest du endlich eine führende Stellung einnehmen! Es ist nicht recht, daß du immer noch wie in Kind behandelt wirst. Du solltest Teilhaber, Mitbesitzer werden.«
»Mein Vater möchte die Zügel in der Hand behalten«, sagte Yahmose zögernd.
»Das ist es ja! Alles soll von ihm abhängen – von seiner augenblicklichen Laune. Schlimm ist das, und es wird immer schlimmer. Wenn er diesmal heimkommt, mußt du ihm kühn entgegentreten – du mußt auf einer schriftlichen Vereinbarung bestehen, durch die du in eine rechtsgültige führende Position versetzt wirst.«
»Er würde mich nicht anhören.«
»Du mußt ihn eben dazu zwingen. Oh, wenn ich doch ein Mann wäre! Ich an deiner Stelle wüßte, was ich zu tun hätte. Manchmal ist mir, als wäre ich mit einem Wurm verheiratet.«
Yahmose errötete.

»Ich will schauen, was sich tun läßt. Vielleicht könnte ich meinen Vater bitten ...«
»Nicht bitten – fordern! Schließlich bist du der einzige, dem er die Verantwortung übertragen kann. Sobek ist zu wild, dein Vater vertraut ihm nicht, und Ipy ist noch zu jung.«
»Du vergißt Hori.«
»Hori gehört nicht zur Familie. Dein Vater gibt etwas auf sein Urteil, aber die Verantwortung würde er nur seinem eigenen Fleisch und Blut übertragen. Aber ich sehe, wie es sich verhält – du bist zu schwach und sanft, du hast Milch in den Adern, kein Blut! Du denkst weder an mich noch an deine Kinder. Erst wenn dein Vater tot ist, werden wir die uns gebührende Stellung einnehmen.«
Yahmose sagte düster: »Du verachtest mich, Satipy, nicht wahr?«
»Du erweckst Zorn in mir.«
»Höre, ich will mit meinem Vater reden, wenn er zurückkommt. Ich verspreche es dir.«
Satipy murmelte: »Ja, aber wie wirst du reden? Wie ein Mann oder wie eine Maus?«

Kait spielte mit ihrem jüngsten Kind, der kleinen Ankh. Das Kind lernte laufen, und Kait ermunterte es mit fröhlichen Zurufen, während sie mit ausgestreckten Armen vor ihm kniete.
Kait wollte Sobek zeigen, was Ankh schon gelernt hatte, aber sie merkte plötzlich, daß er nicht achtgab, sondern mit gerunzelter Stirn vor sich hin starrte.
»O Sobek, du siehst ja gar nicht zu. Schau doch her!«
Sobek gab gereizt zurück: »Ich habe andere Sorgen.«
Kait kauerte nieder und strich sich das Haar aus dem Gesicht.
»Wieso? Was gibt es denn?« fragte sie mechanisch.
»Mich bekümmert es, daß man mir kein Vertrauen schenkt«, erwiderte Sobek ärgerlich. »Mein Vater ist ein alter Mann mit veralteten Anschauungen, und er besteht darauf, jede Kleinigkeit selbst anzuordnen. Er will nichts meinem Urteil überlassen.«

Kopfschüttelnd sagte Kait leise: »Ja, ja, das ist schade.«
»Wenn nur Yahmose etwas mehr Mut hätte und mich unterstützen würde! Aber Yahmose ist zu zaghaft. Er führt jede Anweisung meines Vaters ganz genau aus.«
Kait hielt dem Kind einige Perlen hin und murmelte: »Ja, das ist wahr.«
»Was diesen Holzverkauf betrifft, so werde ich meinem Vater sagen, daß ich da ganz selbständig vorgegangen bin. Es war viel vernünftiger, den Preis in Flachs und nicht in Öl festzusetzen.«
»Ich bin sicher, daß du recht hast.«
»Aber mein Vater will immer, daß alles nach seinem Kopf geht. Er wird ein Geschrei erheben: ›Ich habe dir gesagt, daß der Verkaufspreis in Öl festgesetzt werden soll. Du bist ein törichter Knabe, der nichts weiß!‹ Für wie alt hält er mich eigentlich? Um Reichtum zu erwerben, muß man etwas wagen. Ich habe Voraussicht und Mut. Mein Vater hat keines von beiden.«
Die Augen auf das Kind gerichtet, sagte Kait: »Du bist so kühn und so klug, Sobek.«
»Diesmal wird er die Wahrheit zu hören bekommen, wenn er es wagt, mich zu beschimpfen! Er muß mir freie Hand lassen, oder ich gehe fort.«
Kait, die der Kleinen die Hand hinstreckte, wandte jählings den Kopf.
»Du willst fortgehen? Wohin willst du gehen?«
»Irgendwohin! Es ist unerträglich, von einem alten Mann gescholten zu werden, der einem keine Möglichkeit gibt zu zeigen, was man kann.«
»Nein«, entgegnete Kait scharf. »Ich sage nein, Sobek.«
Er blickte sie an; ihr Ton hatte ihn veranlaßt, ihre Gegenwart wirklich zu bemerken. Er war so daran gewöhnt, ihre Worte nur als untermalende Begleitmusik aufzufangen, daß er in ihr oft gar kein denkendes Menschenwesen sah.
»Was meinst du, Kait?«
»Ich meine, ich werde es nicht zulassen, daß du dich wie ein Narr benimmst. Dieses ganze Besitztum gehört deinem Vater, das Land, die Äcker, das Vieh, das Holz, die Flachsfelder,

alles! Nach dem Tod deines Vaters wird es uns gehören – dir, Yahmose und unseren Kindern. Wenn du dich mit deinem Vater entzweist und fortgehst, dann wird er deinen Anteil Yahmose und Ipy geben – schon jetzt liebt er Ipy allzusehr. Ipy weiß das und zählt darauf. Du darfst Ipy nichts zuspielen. Es würde ihm wohl gut zupaß kommen, wenn du dich mit Imhotep überwerfen und fortgehen würdest. Wir müssen an unsere Kinder denken.«
Sobek starrte sie an. Dann stieß er ein kurzes, verwundertes Lachen aus.
»Man weiß nie, was man von einer Frau zu erwarten hat. Ich hatte keine Ahnung, daß du so heftig werden kannst, Kait.«
Kait sagte ernst: »Streite nicht mit deinem Vater, widersprich ihm nicht. Sei noch eine Weile klug.«
»Vielleicht hast du recht – aber es kann noch jahrelang so weitergehen. Mein Vater sollte uns zu Teilhabern machen.«
Kait schüttelte den Kopf.
»Das wird er nicht tun. Er findet allzu großen Gefallen daran, uns vorzuhalten, daß wir sein Brot essen, daß wir von ihm abhängig sind, daß wir ohne ihn verloren wären.«
Sobek musterte sie forschend.
»Du liebst meinen Vater nicht besonders, nicht wahr, Kait?«
Aber Kait beschäftigte sich schon wieder mit dem Kind.
»Komm, schau, da ist deine Puppe. Komm, komm . . .«
Sobek blickte auf ihren gebeugten dunklen Kopf nieder. Dann ging er mit verwirrter Miene hinaus.

Esa hatte nach ihrem Enkel Ipy geschickt.
Ipy, ein schöner, unzufrieden aussehender Knabe, stand vor ihr, während sie ihn mit ihrer hohen, schrillen Stimme anfuhr und ihn mit ihren Augen, die schlau blickten, obwohl sie nicht mehr gut sahen, zu durchbohren schien.
»Was höre ich da? Du willst dieses und jenes nicht tun? Du willst Yahmose nicht folgen, wenn er dir aufträgt, nach den Pflanzungen zu sehen? Wohin führt das, wenn ein Kind bestimmt, was es tun oder lassen will?«
Ipy erwiderte finster: »Ich bin kein Kind mehr. Ich bin jetzt erwachsen – und warum soll ich mich da wie ein Kind behan-

deln lassen? Die ganze Zeit wird mir von Yahmose befohlen, und ich darf nichts tun, was mir gefällt. Wofür hält Yahmose sich eigentlich?«

»Er ist dein ältester Bruder, und er trägt für alles die Verantwortung, wenn mein Sohn Imhotep abwesend ist.«

»Yahmose ist dumm. Ich bin viel gescheiter als er. Und auch Sobek ist dumm, obwohl er mit seiner Klugheit prahlt. Dabei hat mein Vater geschrieben, daß ich die Arbeit übernehmen soll, die ich selber wähle, daß ich mehr zu essen und zu trinken bekommen soll und daß er zornig werden wird, wenn er hört, daß man mich schlecht behandelt oder daß ich unzufrieden bin.«

Ipy lächelte, während er sprach.

»Du bist ein verwöhnter Junge«, bemerkte Esa nachdrücklich. »Das werde ich Imhotep auch sagen.«

»Nein, nein, Großmutter, das wirst du nicht tun.« Sein Lächeln wurde schmeichlerisch. »Wir beide, Großmutter, wir sind doch die Gescheiten in der Familie.«

»Du Frechdachs!«

»Mein Vater stützt sich auf dein Urteil – er weiß, daß du klug bist.«

»Das mag sein ... ja, es stimmt ... aber ich wünsche nicht, daß du es mir sagst.«

Ipy lachte.

»Du würdest besser auf meiner Seite sein, Großmutter.«

»Was soll das heißen?«

»Meine Brüder sind unzufrieden, weißt du das nicht? Natürlich weißt du es. Henet erzählt dir ja alles. Satipy hetzt Yahmose dauernd auf. Und Sobek hat sich bei dem Holzverkauf übers Ohr hauen lassen, und er fürchtet, daß mein Vater wütend werden wird, wenn er dahinterkommt. Du wirst sehen, Großmutter, in ein bis zwei Jahren bin ich der Teilhaber meines Vaters, und dann wird er alles tun, was ich wünsche.«

»Du, der Jüngste?«

»Was bedeutet das Alter? Mein Vater hat die Macht – und ich verstehe mich darauf, ihn richtig zu behandeln!«

»Das ist üble Rede, die du da führst«, sagte Esa.

Ipy antwortete sanft: »Du bist klug, Großmutter ... Du

weißt recht gut, daß mein Vater trotz seines großartigen Auftretens im Grunde ein schwacher Mann ist . . .«
Er brach unvermittelt ab, als er merkte, daß Esa den Kopf wandte und über seine Schulter spähte. Er drehte sich um und sah Henet hinter sich stehen.
»Imhotep ist also ein schwacher Mann?« sagte Henet mit ihrer weichen, klagenden Stimme. »Er wird wohl nicht sehr erfreut sein, wenn er hört, wie du von ihm sprichst.«
Ipy ließ ein schnelles, verlegenes Lachen hören.
»Aber du wirst es ihm nicht sagen, Henet. Versprich es mir, Henet . . . liebe Henet . . .«
Henet glitt zu Esa.
»Natürlich möchte ich kein Unheil anrichten. Ich bin euch allen zugetan. Ich verrate nie etwas, außer wenn ich es für meine Pflicht halte . . .«
»Ich habe Großmutter geneckt, weiter nichts«, unterbrach Ipy sie. »Das werde ich auch meinem Vater sagen. Er wird wissen, daß ich die Worte nicht im Ernst gesprochen haben kann.«
Ipy nickte Henet kurz zu und verließ das Zimmer.
Henet blickte ihm nach und sagte zu Esa: »Ein schöner Knabe, ein schöner, gutgewachsener Knabe. Und wie tapfere Rede er führt!«
»Er führt gefährliche Rede«, gab Esa scharf zurück. »Mir gefallen die Gedanken nicht, die er in seinem Kopf hat. Mein Sohn ist zu nachsichtig mit ihm.«
»Wer wäre das nicht? Er ist ein so schöner, unwiderstehlicher Jüngling.«
Esa schwieg eine Weile, dann sage sie leise: »Henet, ich mache mir Sorgen.«
»Du, Esa? Warum? Nun, bald ist der Herr wieder da, und dann wird alles gut sein.«
Esa seufzte.
»Glaubst du? Ich bin mir da nicht so sicher.«

3

Dritter Monat der Überschwemmung – 14. Tag

Überall herrschte lebhaftes Treiben; es wurden Vorbereitungen getroffen. Unzählige Brote waren in der Küche gebacken worden, jetzt wurden Enten gebraten, und es roch würzig. Frauen riefen und erteilten Befehle; Diener liefen hin und her.

Allenthalben hörte man: »Der Herr kommt ... der Herr kommt!«

Renisenb, die beim Winden der Mohn- und Lotosgirlanden mithalf, war voller Wiedersehensfreude. Ihr Vater kehrte heim! In den letzten Wochen hatte sie sich unmerklich ihrem alten Leben wieder angepaßt. Das Gefühl der Unsicherheit und Fremdheit, das, wie sie glaubte, Horis Worte in ihr geweckt hatten, war verschwunden. Wie einst ging sie nun im Wirbel der Vorbereitungen für Imhoteps Rückkehr auf. Es hieß, er würde noch vor Einbruch der Nacht eintreffen. Einer der Diener war am Flußufer aufgestellt worden, um die Ankunft des Herrn gleich zu melden; plötzlich ließ seine laute, klare Stimme den vereinbarten Ruf hören.

Renisenb legte die Blumen aus der Hand und eilte mit den anderen hinaus. Yahmose und Sobek befanden sich schon am Anlegeplatz, inmitten von Dorfbewohnern, Fischern und Landarbeitern, die alle aufgeregt riefen und mit dem Finger wiesen.

Ja, da war das Boot mit dem großen Segel, das der Nordwind blähte. Dicht dahinter kam das Küchenboot, vollbesetzt mit Männern und Frauen. Und dann erkannte Renisenb ihren Vater, der eine Lotosblüte in der Hand hielt; neben ihm saß eine Gestalt.

Die Jubelrufe am Ufer verstärkten sich, Imhotep winkte leutselig, die Bootsleute sputeten sich, das Boot zum Anlegen bereitzumachen. »Willkommen, Herr!« erschallte es ringsum, und kurz darauf kam Imhotep an Land, um seine Familie zu begrüßen und für den Empfang zu danken.

Renisenb, angesteckt von der allgemeinen Erregung, drängte nach vorn.
Imhotep nahm eine würdige Haltung an, und plötzlich dachte Renisenb ernüchtert: Aber er ist ja ein kleiner Mann. Ich meinte, er sei viel größer.
Sie empfand beinahe Bestürzung. War ihr Vater zusammengeschrumpft? Oder täuschte sie die Erinnerung? Wenn sie in all den Jahren an ihn dachte, hatte sie stets eine eindrucksvolle Persönlichkeit vor sich gesehen, einen Herrscher, der befahl und mahnte. Aber dieser kleine, untersetzte, ältliche Mann, der von seiner eigenen Bedeutung völlig überzeugt schien und dabei doch eigentlich gar nicht eindrucksvoll wirkte ... Wie war es möglich, daß ihr solch unbotmäßige Gedanken kamen?
Nachdem Imhotep die zeremonielle Begrüßung beendet hatte, ging er zu persönlichen Worten über. Er umarmte seine Söhne.
»O mein guter Yahmose, ich grüße dich. Du warst fleißig während meiner Abwesenheit, dessen bin ich sicher. Und Sobek, mein schöner Sohn, du bist immer noch fröhlichen Herzens, wie ich sehe. Und hier ist Ipy, mein vielgeliebter Ipy ... laß dich anschauen ... Du bist gewachsen, wirst allmählich ein Mann. Wie erfreut es mein Herz, dich wieder in den Armen zu halten! Und Renisenb, meine liebe Tochter ... wieder daheim. Satipy, Kait, meine nicht weniger geliebten Töchter ... Und Henet, meine treue Henet ...«
Henet lag auf den Knien und wischte sich geflissentlich Tränen aus den Augen.
»Es tut wohl, dich wiederzusehen, Henet. Du bist doch gesund und glücklich? In treuer Liebe ergeben wie stets ... das erfreut mein Herz. Und mein ausgezeichneter Hori, so gewissenhaft in allen Abrechnungen und gewandt mit der Feder! Gedeiht alles wohl? Ich bin dessen sicher.«
Als schließlich die Begrüßung ein Ende gefunden hatte und das Gemurmel ringsum erstarb, hob Imhotep, Schweigen gebietend, die Hand und sprach mit lauter, klarer Stimme:
»Meine Söhne und Töchter, meine Freunde. Ich habe euch eine Neuigkeit mitzuteilen. Seit vielen Jahren bin ich, wie ihr

alle wißt, ein einsamer Mann. Meine erste Frau – eure Mutter, Yahmose und Sobek – und meine Schwester und zweite Frau – deine Mutter, Ipy – sind vor vielen Jahren zu Osiris eingegangen. Deshalb bringe ich euch, Satipy und Kait, eine neue Schwester, die euer Haus teilen wird. Seht, dies ist mein Weib, Nofret, die ihr um meinetwillen lieben sollt. Sie ist mit mir von Memphis gekommen und wird hierbleiben, wenn ich wieder fortreise.«

Während er dies sagte, schob er eine Frau in den Vordergund. Sie stand nun neben ihm, mit zurückgeworfenem Kopf und zusammengezogenen Brauen, jung, anmaßend und schön.

Renisenb dachte mit Schrecken und Verwunderung: Aber sie ist ja noch so jung, wahrscheinlich nicht älter als ich.

Nofret rührte sich nicht. Um ihre Lippen spielte ein schwaches Lächeln, das eher spöttisch als ängstlich war und deshalb mißfiel.

Sie hatte sehr gerade dunkle Brauen und eine glühende Bronzehaut; ihre Wimpern waren so lang und dicht, daß man kaum ihre Augen sah.

Die Familie betrachtete sie verdutzt in dumpfem Schweigen.

Mit leicht gereiztem Unterton fuhr Imhotep fort: »Nun, meine Kinder, heißt Nofret willkommen. Wißt ihr nicht, wie ihr das Weib eures Vaters zu begrüßen habt, wenn er es in sein Haus bringt?«

Zögernd und zurückhaltend wurde die junge Frau begrüßt.

»So ist's recht! Meine liebe Nofret ... Satipy, Kait und Renisenb werden dich zum Frauengemach geleiten. Wo sind die Kisten?«

Die runddeckligen Reisekisten wurden an Land getragen.

Imhotep sagte zu Nofret: »Hier sind deine Juwelen und deine Gewänder. Geh und sieh zu, daß sie verwahrt werden.«

Als die Frauen sich entfernt hatten, wandte er sich an seine Söhne: »Die Geschäfte können bis morgen warten, meine Lieben. Heute wollen wir uns des Wiedersehens freuen. Komm, Ipy, mein Junge, laß uns miteinander heimgehen.

Wie groß du geworden bist · du überragst mich ja schon.«
Mürrisch trottete Sobek hinter seinem Vater und Ipy her. Er flüsterte Yahmose ins Ohr: »Juwelen und Gewänder, hast du das gehört? Da ist der Gewinn des nördlichen Besitzes geblieben. Unser Gewinn.«
»Sei still«, raunte Yahmose. »Unser Vater hört dich.«
»Und wenn er mich hört? Ich fürchte mich nicht vor ihm – wie du.«
Als sie im Haus angelangt waren, trat Henet zu Imhotep ins Zimmer, um das Bad vorzubereiten. Sie war ganz Lächeln.
Imhotep stand von seiner verteidigenden Herzlichkeit ab, als er sie fragte:
»Nun, Henet, was hältst du von meiner Wahl?«
»Oh, sie ist schön! Wunderschön! Welches Haar, welche Gestalt! Sie ist deiner wert, Imhotep, mehr vermag ich nicht zu sagen. Dein liebes Weib, das tot ist, wird sich freuen, daß du eine solche Gefährtin gewählt hast, die dir die Tage verschönt.«
»Du kanntest meine Frau gut ... Ich fand es einfach an der Zeit, wieder wie ein Mann zu leben. Werden meine Söhne und Töchter es mir wohl verargen?«
»Das sollten sie lieber nicht tun«, erwiderte Henet. »Sind alle in diesem Hause nicht von dir abhängig? Deine Güte kleidet und ernährt sie, ihr Wohlergehen ist ganz und gar das Ergebnis deiner Bemühungen.«
»Ja, das stimmt.« Imhotep seufzte. »Ich bin um ihretwillen fortwährend tätig. Manchmal bezweifle ich, ob ihnen klar ist, was sie mir zu verdanken haben.«
»Du mußt sie daran erinnern. Ich, deine demütig ergebene Henet, vergesse nie, was ich dir verdanke. Aber Kinder sind mitunter gedankenlos und selbstsüchtig; sie wähnen vielleicht, daß sie die Hauptpersonen sind, und machen sich nicht klar, daß sie nur die ihnen gegebenen Anweisungen auszuführen haben.«
»Das stimmt wirklich«, nickte Imhotep. »Ich habe immer gesagt, du bist ein sehr kluges Geschöpf, Henet.«

»Du bist zu gütig, Herr.«
Sie machte eine Pause und fügte dann hinzu: »Die Sklaven warten im Badezimmer mit dem heißen Wasser. Nach dem Bad möchte deine Mutter mit dir sprechen.«
»Ach, meine Mutter? Ja, ja, natürlich . . .«
Imhotep sah mit einem Mal leicht verwirrt aus. Er verbarg seine Unruhe, indem er rasch fortfuhr: »Natürlich, ich hatte ohnehin die Absicht . . . Richte Esa aus, daß ich kommen werde.«

Esa, die ihr schönstes Linnengewand trug, blickte ihren Sohn mit geradezu sardonischer Belustigung an.
»Willkommen, Imhotep. Du bist also heimgekehrt – und nicht allein, wie ich höre.«
Imhotep versetzte würdevoll: »Oh, du hast es schon gehört?«
»Natürlich. Das ganze Haus summt ja von der Neuigkeit. Das Mädchen ist schön, heißt es, und ganz jung.«
»Sie ist neunzehn und sieht nicht übel aus.«
Esa lachte – es war das spöttische Kichern einer alten Frau.
»Nun ja, es gibt keinen größeren Narren als einen alten Narren.«
»Meine liebe Mutter, ich verstehe nicht, was du meinst.«
»Du warst von jeher ein Tor, Imhotep.«
»Ist es etwa ungewöhnlich, wenn ein Mann ohne Frau sich ein Weib nimmt?«
»Ganz und gar nicht. Die meisten Männer sind Narren.«
»Ich sehe nicht ein, was an der Sache so töricht ist.«
»Bildest du dir ein, daß die Anwesenheit des Mädchens Frieden in diesem Hause schaffen wird? Satipy und Kait werden außer sich sein und ihre Gatten gegen sie aufstacheln.«
»Was haben sie damit zu schaffen? Haben sie ein Recht, sich aufzulehnen?«
»Nein.«
Imhotep begann ärgerlich auf und ab zu gehen.
»Darf ich in meinem Hause nicht tun, was mir beliebt? Sorge ich nicht für meine Söhne und ihre Frauen? Verdanken sie mir nicht das Brot, das sie essen?«

Esa seufzte.
»Sie arbeiten für dich, vergiß das nicht.«
»Möchtest du, daß ich sie zur Faulheit ermuntere? Natürlich arbeiten sie.«
»Es sind erwachsene Männer.«
»Sobek hat kein Urteilsvermögen. Er macht alles verkehrt. Auch ist er oft unverschämt, was ich nicht dulden werde. Yahmose in ein folgsamer Knabe . . .«
»Kein Knabe mehr!«
»Aber manchmal muß ich ihm etwas zweimal sagen, bis er es begreift. Ich muß an alles denken, muß überall sein! Wenn ich fort bin, muß ich die ganze Zeit schriftliche Anweisungen geben. Ich ruhe kaum, ich schlafe kaum! Und nun komme ich heim, habe mir ein wenig Frieden verdient, und schon gibt es neue Schwierigkeiten! Sogar du, Mutter, machst mir das Recht streitig, wie andere Männer ein Weib zu nehmen. Du bist zornig . . .«
Esa unterbrach ihn: »Ich bin nicht zornig. Es belustigt mich. Immerhin gebe ich dir den Rat, das Mädchen mitzunehmen, wenn du wieder Richtung Norden reist.«
»Ihr Platz ist hier, in meinem Hause! Und wehe demjenigen, der sich untersteht, sie schlecht zu behandeln.«
»Es geht nicht um die Frage schlechter Behandlung. Doch bedenke, es ist leicht, trockenes Stroh in Brand zu setzen. Es gibt Orte, an denen für eine Frau nicht gut sein ist . . .«
Esa schwieg ein Weilchen, dann fuhr sie langsam fort:
»Nofret ist schön. Aber bedenke dies: ›Durch die gleißenden Glieder der Weiber werden Männer zu Toren, und siehe, in einer Minute sind sie entstellte Karneole geworden . . .‹«
Ihre Stimme wurde dunkler, als sie weiterzitierte: »›Ein bißchen, ein wenig, so etwas wie ein Traum, und am Ende kommt der Tod . . .‹«

4

Dritter Monat der Überschwemmung – 15. Tag

Imhotep lauschte Sobeks Bericht über den Holzverkauf in düsterem Schweigen. Sein Gesicht war sehr rot geworden, und an der Schläfe pochte eine Ader.
Sobeks betont lässiges Auftreten wurde immer weniger überzeugend. Er hatte die Absicht gehabt, mit großer Gebärde alles zu erledigen, doch angesichts des väterlichen Ärgers begann er zu stammeln.
Schließlich schnitt Imhotep ihm kurzerhand das Wort ab:
»Ja, ja, du glaubtest es besser zu wissen als ich, du hast dich nicht an meine Anweisungen gehalten. Es ist immer dasselbe . . . wenn ich nicht hier bin und über allem wache . . .« Er seufzte. »Was aus euch würde, wenn ich nicht wäre, das kann ich mir nicht vorstellen!«
Sobek fuhr störrisch fort: »Es bot sich Aussicht auf einen viel größeren Gewinn, ich nahm das Wagnis auf mich. Es ist sinnlos, dauernd nur Vorsicht walten zu lassen!«
»Du bist viel zu voreilig und tollkühn, Sobek, und du hast kein Urteilsvermögen.«
»Habe ich denn jemals die Chance, mein Urteilsvermögen zu beweisen?«
Imhotep entgegnete trocken: »Diesmal hast du sie gehabt, hast meinen Befehlen zuwider gehandelt.«
»Muß ich ewig Befehle befolgen? Ich bin ein erwachsener Mann.«
Imhotep war mit seiner Geduld am Ende und rief: »Wer ernährt dich? Wer kleidet dich? Wer denkt an die Zukunft? Wer denkt immer an dein Wohlergehen, an euer aller Wohlergehen? Als der Fluß tief stand und Hungersnot uns bedrohte, sorgte ich da nicht dafür, daß euch aus dem Süden Lebensmittel geschickt wurden? Du hast Glück, einen Vater zu haben, der an alles denkt! Und was fordere ich als Entgelt? Nur daß du arbeitest und meine Anweisungen befolgst . . .«
»Ja«, schrie Sobek, »wir müssen wie Sklaven für dich arbei-

ten, damit du Gold und Juwelen für dein Weib kaufen kannst!«
Zornerfüllt trat Imhotep auf ihn zu.
»Frecher Knabe, der so zu seinem Vater spricht. Nimm dich in acht, oder ich dulde dich nicht länger in meinem Hause!«
»Und wenn du dich nicht in acht nimmst, geh ich freiwillig! Ich habe Einfälle, das sage ich dir, gute Einfälle, die uns Reichtum bringen würden, wenn ich nicht durch kleinliche Vorsicht gebunden wäre, sondern handeln dürfte, wie ich es für richtig halte.«
»Bist du fertig mit deiner Rede?«
Imhoteps Ton klang unheilverkündend. Sobek, ein wenig ernüchtert, murmelte ärgerlich: »Ja, ja, ich habe nichts mehr zu sagen – vorläufig.«
»Dann geh und sieh nach dem Vieh. Wir haben keine Zeit zum Nichtstun.«
Sobek wandte sich ab und ging wütend davon. Nofret stand in der Nähe, und als er an ihr vorbeikam, blickte sie ihn von der Seite an und lachte. Bei ihrem Lachen schoß Sobek das Blut ins Gesicht; er machte zornig einen Schritt auf sie zu. Sie rührte sich nicht, sah ihn aus halbgeschlossenen Augen an.
Sobek murmelte etwas vor sich hin und setzte seinen Weg fort.
Nofret lachte abermals, dann ging sie langsam auf Imhotep zu, der jetzt mit Yahmose sprach.
»Was ist in dich gefahren, daß du Sobek so töricht hast handeln lassen?« fragte er gereizt. »Du hättest es verhindern müssen! Weißt du denn nicht, daß er von Kauf und Verkauf nichts versteht? Er glaubt, alles wird nach seinen Wünschen gehen.«
Yahmose antwortete in abbittendem Ton:
»Du bist dir über die Schwierigkeiten nicht im klaren, Vater. Du sagtest mir, ich solle Sobek beim Holzverkauf vertrauen. Darum war es notwendig, ihm nicht dreinzureden, damit er sein Urteilsvermögen bewies.«
»Er hat gar kein Urteilsvermögen! Er soll tun, was ich befehle, und du hast darauf zu achten, daß er genau das tut.«
Yahmose errötete.

»Aber ich habe keinerlei Vollmacht. Wenn ich dein Teilhaber wäre . . .«
Er brach ab, als Nofret hinzutrat. Sie gähnte und drehte eine rote Mohnblume in den Händen.
»Willst du nicht zu dem kleinen Pavillon am See kommen, Imhotep? Dort ist es kühl, und es warten deiner Früchte und Keda-Bier. Gewiß hast du inzwischen alle deine Befehle erteilt.«
»Sofort, Nofret, sofort.«
Nofret bat mit weicher, dunkler Stimme: »Komm jetzt. Ich möchte, daß du jetzt kommst . . .«
Imhotep sah geschmeichelt und ein wenig einfältig aus.
Yahmose sprach schnell, ehe sein Vater etwas sagen konnte: »Laß uns dies erst beenden. Es ist wichtig. Ich möchte dich bitten . . .«
Nofret drehte Yahmose den Rücken und sagte zu Imhotep: »Kannst du in deinem eigenen Hause nicht tun, was dir beliebt?«
Scharf fuhr Imhotep seinen Sohn an: »Ein andermal, Yahmose, ein andermal.«
Er schritt mit Nofret von dannen, und Yahmose, der auf dem Vorplatz stehenblieb, blickte ihnen nach.
Satipy trat aus dem Haus und gesellte sich zu ihm.
»Nun«, fragte sie eifrig, »hast du mit ihm gesprochen? Was hat er gesagt?«
Yahmose seufzte.
»Sei nicht so ungeduldig, Satipy. Der Augenblick war nicht gerade günstig.«
Sie stieß einen Ruf des Ärgers aus.
»Ach, das ist deine ewige Ausflucht! In Wirklichkeit hast du Angst vor deinem Vater. Du bist furchtsam wie ein Schaf, du begegnest ihm nicht wie ein Mann! Weißt du nicht mehr, was du mir gelobt hast? Am ersten Tag wolltest du mit ihm sprechen. Statt dessen . . .«
Er fiel milde ein: »Du irrst dich, Satipy. Ich habe mit ihm gesprochen, aber wir wurden unterbrochen.«
»Unterbrochen? Durch wen?«
»Durch Nofret.«

»O dieses Weib! Dein Vater sollte sich durch diese Frau nicht stören lassen, wenn er mit seinem ältesten Sohn spricht! Das hätte er von Anfang an klarmachen müssen.«
Yahmose entgegnete trocken: »Er schien darüber nicht ungehalten gewesen zu sein.«
»Es ist eine Schande! Sie hat deinen Vater vollständig verhext. Er läßt sie reden und tun, was ihr beliebt.«
»Sie ist sehr schön«, sagte Yahmose nachdenklich.
»Nun ja, sie sieht nicht übel aus«, schnaubte Satipy. »Aber sie hat kein Benehmen! Keine Erziehung! Sie macht sich nichts daraus, uns alle grob zu behandeln.«
»Vielleicht seid ihr grob zu ihr?«
»Ich bin ein Ausbund an Höflichkeit. Kait und ich behandeln sie mit aller Zuvorkommenheit. Oh, sie soll keinen Grund haben, sich bei deinem Vater zu beschweren. Wir können unsere Zeit abwarten, Kait und ich.«
Er blickte sie scharf an.
»Was meinst du damit – eure Zeit abwarten?«
Sie lachte anzüglich.
»Meine Gedanken sind die Gedanken einer Frau, du würdest sie nicht verstehen. Wir haben unsere eigene Art – unsere eigenen Waffen! Nofret täte gut daran, weniger unverschämt zu sein. Worauf läuft das Leben eines Weibes schließlich hinaus? Sie verbringt es im Hinterhaus – unter andern Weibern.«
Satipys Ton hatte eine besondere Bedeutung. Sie fügte hinzu: »Dein Vater wird nicht ewig hiersein. Er reist wieder auf seine Besitztümer im Norden. Und dann . . . werden wir sehen.«
»Satipy . . .«
Sie lachte – es war ein hartklingendes, hohes Lachen – und kehrte ins Haus zurück.

Am See tummelten sich spielend die Kinder. Die beiden Söhne Yahmoses waren schöne Knaben, die mehr der Mutter als dem Vater glichen. Außerdem befanden sich dort Sobeks drei Kinder, von denen das jüngste gerade laufen

gelernt hatte, sowie Teti, ein ernstes, schönes Mädchen von vier Jahren.
Sie lachten und riefen, warfen Bälle, gelegentlich entstand ein kleiner Streit, und ein kindlicher Zornesschrei erhob sich schrill.
Imhotep, der neben Nofret saß und sein Bier trank, sagte: »Wie gern Kinder am Wasser spielen. Soweit ich zurückdenken kann, war es immer so. Aber, bei Hathor, was für einen Lärm sie machen!«
Nofret erwiderte schnell: »Ja, und es könnte hier so friedlich sein. Warum schickst du sie nicht weg, solange du hier weilst? Schließlich sollte dem Herrn des Hauses Hochachtung gezollt werden, wenn er ausruhen will. Bist du nicht auch dieser Meinung?«
»Eigentlich stören sie mich nicht.« Matt fügte er hinzu: »Sie sind daran gewöhnt, hier zu spielen.«
»Ja, solange du fort bist. Aber wenn ich bedenke, was du alles für deine Familie tust, Imhotep, dann sollte dir mehr Ehrfurcht bezeugt werden. Du bist zu gütig.«
Imhotep seufzte.
»Das war von jeher mein Fehler. Ich bestehe nie auf Wahrung der Formen.«
»Und so kommt es, daß die Frauen deiner Söhne aus deiner Güte Vorteil ziehen. Hier sollte ein für allemal Ruhe und Frieden herrschen, wenn du rastest. Ich will gehen und Kait sagen, daß sie ihre Kinder und auch die andern fortbringt. Dann hast du hier den Frieden, den du brauchst.«
»Du bist ein guter Mensch, Nofret, du bist immer auf mein Wohlergehen bedacht.«
Nofret murmelte: »Deine Freude ist meine Freude.«
Sie stand auf und ging zu der Stelle am Ufer, wo Kait neben ihrem Zweitältesten, einem ziemlich verwöhnt wirkenden Knaben, kniete. Gemeinsam versuchten sie ein kleines Schiff schwimmen zu lassen.
Nofret sagte kurz: »Wirst du gefälligst die Kinder fortbringen, Kait?«
Kait starrte sie verständnislos an.
»Fort? Was meinst du? Hier spielen sie immer.«

»Heute nicht. Imhotep will seine Ruhe haben. Deine Kinder machen Lärm.«
Kaits Gesicht wurde von Röte übergossen.
»Du solltest deine Zunge in acht nehmen, Nofret! Imhotep liebt es, die Kinder seiner Söhne hier spielen zu sehen.«
»Nicht heute«, wiederholte Nofret. »Er läßt dir durch mich sagen, daß du die ganze laute Bande ins Haus bringen sollst, damit er hier in Frieden sitzen kann – mit mir.«
»Mit dir . . .« Kait hielt inne, erhob sich und ging zu dem Platz, wo Imhotep halb saß, halb lag. Nofret folgte ihr.
Kait sprach ohne Umschweife: »Dein Weib sagt, ich solle die Kinder fortbringen. Warum? Was tun sie Böses? Aus welchem Grund werden sie verbannt?«
»Ich hätte gedacht, daß der Wunsch des Herrn genügt«, bemerkte Nofret sanft.
»Ganz recht, ganz recht«, sagte Imhotep verdrossen. »Weshalb muß ich Gründe angeben? Wem gehört dieses Haus?«
»Ich nehme an, daß dieses Weib die Kinder forthaben will.«
Kait musterte Nofret von oben bis unten.
»Nofret ist auf mein Wohlergehen und meinen Genuß bedacht«, entgegnete Imhotep. »Niemand sonst in diesem Hause denkt daran – die arme Henet vielleicht ausgenommen.«
»Die Kinder dürfen also nicht mehr hier spielen?«
»Nicht, wenn ich herkomme, um auszuruhen.«
Kaits Zorn loderte jäh auf.
»Warum läßt du dich von diesem Weib gegen dein eigen Fleisch und Blut aufhetzen? Warum erlaubst du, daß sie das ganze Haus auf den Kopf stellt?«
Imhotep, der das Bedürfnis fühlte, sich vor sich selbst zu rechtfertigen, begann zu brüllen: »Ich befehle hier, nicht du! Ich bin hier der Herr, das laß dir gesagt sein! Ich arbeite ständig zu eurem Besten – aber wird mir Dankbarkeit gezollt, werden meine Wünsche geachtet? Nein! Zuerst ist Sobek unverschämt und unehrerbietig, und jetzt versuchst du, Kait, dich gegen mich aufzulehnen! Wozu ernähre ich euch alle?

Hüte dich – oder ich lasse euch fallen. Sobek spricht davon fortzugehen – dann soll er nur fortgehen und dich und die Kinder gleich mitnehmen.«
Einen Augenblick lang stand Kait völlig unbeweglich da. Ihr wenig schönes Gesicht war ganz leer. Dann antwortete sie mit völlig ausdrucksloser Stimme:
»Ich bringe die Kinder ins Haus.«
Sie machte ein paar Schritte; vor Nofret blieb sie stehen. Leise sagte Kait:
»Das ist dein Werk, Nofret. Ich werde es nicht vergessen. O nein, ich werde es nicht vergessen . . .«

5

Vierter Monat der Überschwemmung – 5. Tag

Imhotep seufzte befriedigt, nachdem er seine zeremoniellen Pflichten als Totenpriester beendet hatte. Das Ritual war bis in die kleinste Einzelheit befolgt worden; denn Imhotep war ein in jeder Beziehung höchst gewissenhafter Mensch. Er hatte die Trankopfer ausgegossen, Weihrauch verbrannt und die üblichen Gaben an Nahrung und Getränken dargebracht.
Jetzt wurde er in der anstoßenden Felsenkammer, wo Hori seiner harrte, wieder der Landbesitzer und Geschäftsmann. Die beiden Männer sprachen über die herrschenden Preise und die Gewinne, die sich aus Getreide, Vieh und Holz erzielen ließen.
Nach einer halben Stunde nickte Imhotep zufrieden.
»Du hast einen sehr guten Kopf für Geschäfte, Hori.«
Hori lächelte.
»Seit vielen Jahren bin ich ja auch dein Verwalter.«
»Und ein sehr treuer dazu. Jetzt muß ich etwas anderes mit dir besprechen. Es betrifft Ipy. Er beklagt sich, daß er eine untergeordnete Stellung hat.«
»Er ist noch sehr jung.«

»Aber er zeigt große Geschicklichkeit. Er findet, daß seine Brüder nicht immer anständig zu ihm sind. Sobek ist rauh und anmaßend, und Yahmose reizt ihn mit seiner Vorsicht und Bedachtsamkeit. Ipy ist stolz. Er nimmt nicht gern Befehle entgegen. Außerdem ist er der Meinung, daß nur ich, sein Vater, ihm zu befehlen habe.«

»Darf ich offen sein, Imhotep?«

»Gewiß, mein guter Hori.«

»Während deiner Abwesenheit sollte jemand die Leitung der Geschäfte in Händen haben.«

»Ich vertraue dir und Yahmose.«

»Ja, wir handeln für dich, aber das genügt nicht. Warum ernennst du nicht einen deiner Söhne zu deinem Teilhaber, so daß er gesetzlich zu Entscheidungen berechtigt ist?«

Stirnrunzelnd schritt Imhotep auf und ab.

»Welchen meiner Söhne soll ich ernennen? Sobek ist eine Herrschernatur, aber er ist wild und eigensinnig – ich könnte ihm nicht vertrauen. Es fehlt ihm die gute Gesinnung.«

»Ich dachte an Yahmose«, entgegnete Hori. »Er ist dein ältester Sohn. Er ist sanft von Gemüt. Er ist dir ergeben.«

»Ja, er hat eine gute Gesinnung, aber er ist zu scheu, zu nachgiebig. Wenn Ipy etwas älter wäre . . .«

Hori fiel schnell ein: »Es ist gefährlich, einem zu jungen Menschen große Macht zu verleihen.«

»Wahr, wahr. Nun, Hori, ich will darüber nachdenken. Yahmose ist gewiß ein guter, folgsamer Sohn . . .«

Hori beharrte sanft, aber drängend: »Es wäre, glaube ich, klug gehandelt. Denn es ist auch gefährlich, einem Menschen die Macht zu spät zu verleihen.«

Imhotep seufzte.

»Es ist eine schwere Aufgabe, über eine Familie zu herrschen. Vor allem die Frauen lassen sich nicht leicht lenken. Aber ich habe ihnen nachdrücklich erklärt, daß sie Nofret in gebührender Weise behandeln müssen. Ich glaube . . .«

Er brach ab. Ein Sklave keuchte den schmalen Pfad herauf.

»Was gibt's?«

»Herr, ein Boot ist gekommen. Ein Schreiber, der sich Kameni nennt, bringt Botschaft aus Memphis.«

»Noch mehr Unannehmlichkeiten!« rief Imhotep. »So gewiß Re über den Himmel fährt, so gewiß bedeutet dies noch mehr Ärger! Wenn ich die Dinge nicht selbst in der Hand habe, läuft alles verkehrt.«

Imhotep eilte davon.

Hori saß reglos da und schaute ihm nach; sein Gesicht trug einen sorgenvollen Ausdruck.

Renisenb war ziellos am Ufer des Nils entlanggewandert. Mit einem Mal vernahm sie laute Rufe und sah Menschen zum Landungssteg rennen. Sie lief ebenfalls hin. In dem Boot, das soeben landete, stand ein junger Mann, und einen Augenblick lang, als sie ihn gegen den hellen Himmel gewahrte, setzte ihr Herz aus. Es ist Khay, dachte sie. Khay ist aus der Unterwelt zurückgekehrt.

Doch dann erkannte sie, daß ihre Einbildungskraft ihr einen Streich gespielt hatte. Dieser Mann war jünger als Khay, hatte leichte, anmutige Bewegungen und ein fröhliches Antlitz. Er komme von Imhoteps Besitz im Norden, erklärte er. Er sei Schreiber und heiße Kameni.

Ein Sklave wurde fortgeschickt, Imhotep zu holen, und Kameni wurde ins Haus geführt, wo man ihm Speise und Trank vorsetzte. Kurz darauf traf Imhotep ein, und es gab eine lange Unterredung zwischen den Männern.

Wie stets kamen die Neuigkeiten durch Henet ins Frauenquartier. Renisenb wunderte sich oft, wie Henet es fertigbrachte, immer alles zu wissen.

Kameni war, wie sich herausstellte, ein junger Schreiber in Imhoteps Diensten, der Sohn eines seiner Vettern. Kameni hatte gewisse Betrügereien aufgedeckt, gefälschte Abrechnungen, wie es schien, und da die Angelegenheit sich beträchtlich verzweigte und einige Verwalter des Besitztums darin verstrickt waren, hatte er es für das beste gehalten, nach dem Süden zu reisen und persönlich Bericht zu erstatten.

Die Folge war, daß Imhotep eilige Reisevorbereitungen traf. Eigentlich hatte er noch zwei Monate bleiben wollen, aber je früher er an Ort und Stelle eintraf, um so besser.

Der ganze Haushalt wurde zusammengerufen, und unzählige Anweisungen wurden erteilt. Yahmose sollte dies und das tun. Sobek sollte über irgend etwas strengstes Stillschweigen bewahren. Renisenb kam diese ganze Betriebsamkeit sehr vertraut vor. Yahmose lauschte aufmerksam, Sobek finster. Hori zeigte sich wie gewöhnlich ruhig und tüchtig. Ipys Forderungen wurden mit mehr Schärfe als sonst zurückgewiesen.

»Du bist zu jung, um besondere Freiheiten zu haben. Gehorche Yahmose. Er kennt meine Wünsche und Befehle.« Imhotep legte seinem ältesten Sohn die Hand auf die Schulter. »Ich verlasse mich auf dich, Yahmose. Wenn ich zurückkehre, werden wir wieder über deine Teilhaberschaft sprechen.«

Yahmose errötete vor Freude.

Imhotep fuhr fort: »Sieh zu, daß während meiner Abwesenheit alles gutgeht. Ich vertraue dir mein Weib an; es soll ihr alle gebührende Achtung entgegengebracht werden. An dir ist es, über die Frauen zu herrschen. Auch wünsche ich, daß Henet freundlich behandelt wird. Sie hat mir stets treu gedient, vergiß das nicht.«

»Alles soll geschehen, wie du es wünschst«, antwortete Yahmose. »Aber Henet richtet mit ihrer Zunge manchmal Unheil an.«

»Unsinn! Das tun alle Weiber, Henet nicht mehr als andere. Was Kameni betrifft, so wird er hierbleiben. Wir können noch einen Schreiber brauchen; er soll Hori helfen. Und was das Land betrifft, das wird dieser Yaii verpachtet haben . . .« Imhotep erging sich in Einzelheiten.

Als schließlich alle Vorbereitungen getroffen waren, wurde Imhotep von plötzlichen Zweifeln ergriffen. Er zog Nofret beiseite und fragte besorgt: »Nofret, bist du's zufrieden hierzubleiben? Wäre es nicht doch besser, du kämst mit mir?«

Nofret schüttelte lächelnd den Kopf.

»Du wirst nicht lange fort sein.«

»Drei Monate, vielleicht vier.«

»Siehst du, das ist nicht lang. Ich bin gern hier.«

»Ich werde meine Söhne zur Verantwortung ziehen, wenn du die geringste Klage vorzubringen hast!«

»Wem könnte ich wirklich Vertrauen schenken?« fragte Nofret langsam. »Es müßte jemand sein, der nicht zur Familie gehört.«
»Hori, der gute Hori ist in allem meine rechte Hand, und er hat Verstand.«
»Er und Yahmose sind wie Brüder«, entgegnete Nofret.
»Dann Kameni. Er ist ebenfalls Schreiber. Ich werde ihm sagen, daß er sich dir zur Verfügung stellen soll. Wenn du dich über irgend etwas zu beklagen hast, wird er deine Worte niederschreiben und mir deine Beschwerde zustellen.«
Nofret nickte anerkennend.
»Das ist ein guter Gedanke. Kameni stammt aus dem Norden. Er kennt meinen Vater. Er wird sich nicht durch Familienrücksichten beeinflussen lassen.«
»Da ist auch noch Henet.«
»Ja, da ist Henet«, wiederholte Nofret nachdenklich. »Wie wäre es, wenn du in meiner Gegenwart jetzt mit ihr sprechen würdest?«
Es wurde nach Henet geschickt, die mit ihrem üblichen Eifer herbeieilte. Sie klagte laut über Imhoteps Abreise.
Imhotep fiel ihr schroff ins Wort: »Ja, ja, meine gute Henet, aber es muß sein. Ich kann selten ausruhen, ich muß unablässig für meine Familie tätig sein, obwohl sie mir wenig Dank dafür weiß. Ich habe ernsthaft mit dir zu reden. Weil ich mich auf deine Ergebenheit verlassen kann, vertraue ich dir Nofret an. Behüte sie gut – sie ist mir sehr teuer.«
»Wer dir teuer ist, Herr, der ist auch mir teuer«, versicherte Henet nachdrücklich. Sie wandte sich Nofret zu, die sie unter gesenkten Lidern hervor betrachtete. »Du bist allzu schön, Nofret, das ist das Schlimme. Darum sind die andern neidisch. Aber ich will für dich sorgen: ich werde dir alles hinterbringen, was sie tun und sagen. Verlaß dich auf mich!«
Ein Lächeln umspielte Nofrets Lippen.
»Ich verstehe dich, Henet. Ich glaube, ich kann mich auf dich verlassen.«
Imhotep räusperte sich.
»Dann wäre also alles geregelt. Organisation war von jeher meine Stärke.«

Ein trockenes Lachen ertönte, und Imhotep fuhr mit einem Ruck herum. Seine Mutter stand in der Tür. Sie stützte sich auf einen Stock und sah ausgetrockneter und boshafter aus denn je.
»Was für einen wunderbaren Sohn ich doch habe!« bemerkte sie.
»Ich darf mich nicht aufhalten . . . muß Hori noch Anweisungen geben . . .«
Ohne seine Mutter anzusehen, eilte Imhotep hinaus.
Esa machte Henet gebieterisch ein Zeichen, worauf diese folgsam aus dem Zimmer glitt.
Nofret hatte sich erhoben. Sie und Esa musterten sich.
»Mein Sohn läßt dich also hier zurück. Du würdest besser mit ihm gehen. Nofret.«
»Er wünscht, daß ich hierbleibe«, antwortete Nofret mit sanfter, unterwürfiger Stimme.
Esa lachte schrill.
»Es wäre besser, wenn du fortgingst! Und warum willst du nicht fort? Ich verstehe dich nicht. Was bietet sich dir hier? Du hast in den Städten gelebt, hast vielleicht viele Reisen gemacht. Warum wählst du die Langeweile unter Menschen, die – ich spreche offen – dich nicht lieben?«
»Du hast also etwas gegen mich?«
Esa schüttelte den Kopf.
»Nein, ich habe nichts gegen dich. Ich bin alt, und wenn ich auch keine guten Augen mehr habe, so kann ich doch noch Schönheit sehen und mich daran erfreuen. Du bist schön, Nofret, und dein Anblick erfreut meine alten Augen. Um deiner Schönheit willen wünsche ich dir Gutes. Deshalb warne ich dich. Zieh mit meinem Sohn in den Norden.«
Nofret wiederholte: »Er wünscht, daß ich hierbleibe.« In ihrem unterwürfigen Ton schwang jetzt unverkennbar Spott.
Esa erwiderte scharf: »Du willst hierbleiben. Was für einen Zweck verfolgst du damit? Nun gut, handle, wie du magst. Aber nimm dich in acht. Sei nicht herausfordernd, und vertraue niemand.«
Unvermittelt drehte sie sich um und ging hinaus.

Nofret stand ganz still. Langsam verzogen sich ihre Lippen zu einem katzenhaften Lächeln.

6

Erster Monat des Winters – 4. Tag

Renisenb hatte es ich zur Gewohnheit gemacht, fast jeden Tag einmal zum Grab hinaufzugehen. Manchmal waren Yahmose und Hori dort zusammen, manchmal traf sie Hori allein, bisweilen war niemand dort, aber stets fühlte Renisenb sich erleichtert und voller Frieden, als wäre sie etwas Unbenennbarem entronnen. Am meisten freute sie sich, wenn sie Hori allein vorfand. Er empfing sie mit Würde und ohne Neugier, so daß sie sich in seiner Nähe wohl fühlte. Sie saß immer im Schatten des Eingangs zur Felsenkammer, schlug die Hände um das eine hochgezogene Knie und schaute über den grünen Gürtel der Pflanzungen auf den blaß schimmernden Nil und die dahinter verschwimmende Ferne.
Das erste Mal war sie hierhergeflohen, um einer Frauenwelt zu entrinnen, die sie nicht zu vertragen vermochte. Auch jetzt hegte sie noch oft den Wunsch zu fliehen, aber dieses Verlangen beruhte nicht nur auf der Auflehnung gegen das häusliche Dasein, sondern auf einem dumpfen Bangen.
Eines Tages sagte sie zu Hori: »Ich habe Angst . . .«
»Warum hast du Angst, Renisenb?«
Er sah sie ernst an.
»Weißt du noch, wie du mir einmal von den beiden Übeln sprachst, von dem einen, das von außen, und dem andern, das von innen kommt?«
Hori nickte.
»Damals meintest du Früchte und Getreide, wie du mir erklärtest. Aber ich habe darüber nachgedacht – mit den Menschen verhält es ich ebenso.«
»Hast du das also herausgefunden? Du hast recht, Renisenb.«

Sie bemerkte schroff: »Es vollzieht sich dort unten im Hause. Das Übel ist gekommen – von außen. Und ich weiß, wer es gebracht hat. Nofret.«
»Glaubst du?« erwiderte Hori langsam.
»Ja, ja«, beharrte Renisenb heftig. »Früher stritten Satipy und Kait miteinander, um sich die Zeit zu vertreiben, und sie genossen den Zank. Jetzt aber verletzen sie sich absichtlich gegenseitig, und wenn sie sehen, daß ihre bösen Worte getroffen haben, freuen sie sich. Es ist entsetzlich, Hori, entsetzlich! Gestern geriet Satipy so sehr in Zorn, daß sie Kait mit einer langen Goldnadel in den Arm stach, und vor ein paar Tagen ließ Kait eine schwere Kupferpfanne mit kochendem Fett auf Satipys Fuß fallen. Ach, es ist überall dasselbe – Satipy schmäht Yahmose bis spät in die Nacht hinein, wir alle können sie hören. Und Sobek geht ins Dorf, hält sich dort bei schlechten Frauen auf, kommt betrunken heim und prahlt laut mit seiner Tüchtigkeit!«
»Einiges davon ist sicherlich wahr«, sagte Hori bedächtig. »Aber warum gibst du Nofret die Schuld?«
»Weil es ihr Werk ist! Die Dinge, die sie sagt – es sind Kleinigkeiten, aber geschickt angebracht –, bringen immer den Stein ins Rollen. Sie ist wie der Stachelstock, mit dem man den Ochsen antreibt. Manchmal denke ich, daß Henet sie aufhetzt . . .«
»Das könnte wohl sein«, meinte Hori nachdenklich.
Renisenb erschauerte.
»Ich mag Henet nicht. Ich hasse die Art, wie sie herumschleicht. Wie konnte meine Mutter sie nur herbringen und sie so lieben?«
»Henet behauptet, daß deine Mutter sie geliebt hat«, entgegnete Hori trocken.
»Warum liebt Henet Nofret so sehr, folgt ihr und flüstert ihr dauernd etwas zu? O Hori, glaub mir, ich habe Angst! Ich hasse Nofret! Ich wünschte, sie ginge fort. Sie ist grausam und böse!«
»Was für ein Kind du noch bist, Renisenb.« Dann raunte Hori ihr zu: »Gib acht, da kommt Nofret.«
Renisenb wandte den Kopf. Sie sah Nofret den steilen Pfad

heraufkommen.
Als Nofret oben angelangt war, blickte sie um sich und lächelte mit belustigter Neugier.
»Hierher entschlüpfst du also jeden Tag, Renisenb.«
Renisenb antwortete nicht. Sie ärgerte sich wie ein Kind, dessen Zufluchtsort entdeckt worden ist.
»Und das ist das berühmte Grab?«
»Du sagst es, Nofret«, gab Hori zurück.
Nofret betrachtete ihn mit ihrem katzenhaften Lächeln.
»Ich zweifle nicht daran, daß du es gewinnbringend findest, Hori. Du bist ein guter Geschäftsmann, wie ich gehört habe.«
In ihrer Stimme schwang ein wenig Bosheit, aber Hori blieb ruhig und lächelte auf seine ernste Weise zurück.
»Es ist für uns alle gewinnbringend. Der Tod bringt immer Gewinn.«
Nofret schauderte leicht, während ihre Augen über die Opfertische, den Eingang zum Schrein und die Schreintür glitten. Dann sagte sie mit Nachdruck:
»Ich hasse den Tod!«
»Das solltest du nicht«, erwiderte Hori ruhig. »Der Tod ist die Hauptquelle des Reichtums in Ägypten. Der Tod hat die Juwelen gekauft, die du trägst, Nofret. Der Tod nährt und kleidet dich.«
Sie starrte ihn an.
»Wie meinst du das?«
»Ich meine, daß Imhotep Ka-Priester ist, Totenpriester – all sein Land, sein Vieh, sein Holz, sein Flachs, seine Gerste, sein ganzer Besitz stammt aus der Grabstiftung.« Er machte eine Pause und fuhr dann nachdenklich fort: »Wir sind ein seltsames Volk, wir Ägypter. Wir lieben das Leben, und deshalb bereiten wir uns schon sehr früh auf den Tod vor. Dahinein wird der Reichtum Ägyptens gesteckt – in Pyramiden, in Gräber, in Grabstiftungen.«
Nofret fiel heftig ein: »Willst du wohl aufhören, vom Tod zu reden, Hori! Ich mag das nicht!« Brüsk drehte sie sich um und schritt den Pfad hinab.
Renisenb stieß einen Seufzer der Erleichterung aus. »Ich bin

froh, daß sie gegangen ist«, sagte sie. »Du hast sie erschreckt, Hori.«
»Ja. Habe ich auch dich erschreckt, Renisenb?«
»N . . . nein. Was du sagtest, ist wahr.«
Hori bemerkte mit plötzlicher Erbitterung: »Alle Ägypter sind vom Tod wie besessen! Weil wir Augen im Leib haben, aber nicht in der Seele. Wir können uns kein anderes Leben vorstellen als dieses eine – kein Leben nach dem Tod. Wir haben keinen richtigen Glauben an einen Gott.«
Renisenb sah ihn verwundert an.
»Wie kannst du das sagen? Wir haben viele, viele Götter – so viele, daß ich sie nicht alle zu nennen vermag. Erst neulich sprachen wir davon, welche Götter wir vorziehen. Sobek ist ganz für Sakhmet, und Kait preist immer Meskhant. Kameni schwört auf Thoth, was durchaus natürlich ist, weil er Schreiber ist. Satipy ist für den falkenköpfigen Horus und auch für unsern eigenen Mereseer. Yahmose findet, daß Ptah verehrt werden muß, weil er alle Dinge erschaffen hat. Ich selber liebe Isis. Und Henet ist ganz für unsern Ortsgott Amun. Und dann ist da Re, der Sonnengott, und Osiris, vor dem die Herzen der Toten gewogen werden.«
Atemlos hielt Renisenb inne. Plötzlich wurde ihre Aufmerksamkeit durch etwas anderes erregt.
»Schau dort!« rief sie. »Nofret spricht mit Sobek. Sie lacht. Oh!« Sie ließ einen erstickten Aufschrei hören. »Nein, es ist nichts. Ich dachte, er würde sie schlagen. Sie geht ins Haus zurück, und er kommt hier herauf.«
Sobek sah wie eine Gewitterwolke aus.
»Möge ein Krokodil dieses Weib verschlingen!« wütete er. »Mein Vater war noch törichter als sonst, als er sie hierherbrachte!«
»Was hat sie zu dir gesagt?« erkundigte Hori sich neugierig.
»Sie hat mich wie gewöhnlich beleidigt! Sie fragte mich, ob mein Vater mir noch mehr Holzverkäufe anvertraut hätte. Ihre Zunge ist gespalten wie die einer Schlange. Ich würde sie am liebsten umbringen.«
Er ging über die Plattform, ergriff einen großen Stein und

warf ihn ins Tal hinunter. Als der Stein über die Felsen kollerte, schien er sich an dem Geräusch zu erfreuen. Er packte einen noch größeren Stein, doch sprang er im gleichen Augenblick jählings zurück, weil eine Schlange, die darunter gelegen hatte, den Kopf hob. Zischend reckte sie sich, und Renisenb erkannte, daß es eine Brillenschlange war.
Sobek hob einen schweren Stock auf und griff sie wütend an. Ein wohlgezielter Hieb zertrümmerte ihr den Kopf, aber Sobek fuhr fort, auf sie einzuschlagen, wobei er atemlos etwas vor sich hin murmelte. Renisenb war nicht sicher, ob sie richtig hörte, aber sie glaubte »Nofret« zu verstehen ...
»Hör auf, Sobek!« rief Renisenb. »Hör auf – sie ist ja tot!«
Sobek hielt inne, dann warf er den Stock weg und lachte.
»Eine Giftschlange weniger auf der Welt!«
Seine gute Laune schien wiederhergestellt, und er lachte immer noch, als er den Pfad hinunterschritt.
Renisenb lachte leise: »Ich glaube, Sobek tötet gern.«
»Ja.« Es lag keine Verwunderung in dem Wort. Hori bestätigte nur eine Tatsache, die ihm offenbar schon bekannt war.
Renisenb blickte ihn an und sagte: »Schlangen sind gefährlich ... aber wie schön diese Brillenschlange war ...«
Hori bemerkte träumerisch: »Ich weiß noch, als wir alle Kinder waren, griff Sobek einmal Yahmose an. Yahmose war ein Jahr älter, aber Sobek war größer und stärker. Er hatte einen Stein, mit dem er auf Yahmoses Kopf losschlug. Deine Mutter kam herbeigerannt und trennte die beiden. Ich weiß noch, wie sie rief: ›Das darfst du nicht tun, Sobek, es ist gefährlich!‹« Nach einer Weile fügte er hinzu: »Sie war sehr schön ... fand ich als Kind. Du gleichst ihr, Renisenb.«
»Wirklich?« Renisenb freute sich. Dann fragte sie: »War Yahmose schwer verletzt?«
»Nein, es war weniger schlimm, als es aussah. Dagegen war Sobek am nächsten Tag sehr krank. Vielleicht hatte er etwas gegessen, das ihm nicht bekommen war; doch deine Mutter sagte, sein Wutausbruch sei daran schuld und die Hitze.«
»Sobek ist jähzornig«, sagte Renisenb. Sie betrachtete die tote Schlange und schauderte.
Als Renisenb zum Haus zurückkehrte, saß Kameni mit einer

Papyrusrolle auf dem Vorplatz und sang. Sie blieb stehen und lauschte seinen Worten.

»Ich will nach Memphis gehen«, sang Kameni, »ich will zu Ptah gehen, dem Herrn der Wahrheit. Ich will zu Ptah sagen: Gib mir mein Weib heute abend. Ihre Schönheit dämmert herauf. Sie ist schön wie eine Lotosblume . . .«

Er sah auf und lächelte Renisenb an.

»Gefällt dir mein Lied, Renisenb?«

»Was für ein Lied ist das?«

»Ein Liebeslied aus Memphis.« Er wandte die Augen nicht von ihr ab, indes er weitersang: »Ihre Arme sind voller Blumen, ihr Haar ist gesalbt. Sie ist wie eine Prinzessin . . .«

Renisenb errötete. Schnell ging sie ins Haus, und sie stieß beinahe mit Nofret zusammen.

»Warum so in Eile, Renisenb?«

Nofrets Stimme klang scharf. Renisenb musterte sie leicht erstaunt. Nofret lächelte nicht. Ihr Gesicht war grimmig und gespannt, und Renisenb bemerkte, daß sie die Hände zu Fäusten ballte.

»Verzeih mir, Nofret, ich sah dich nicht. Es ist dunkel hier, wenn man aus der Helligkeit von draußen kommt.«

»Ja, es ist hier dunkel . . . Draußen ist es angenehmer, da kann man Kameni zuhören. Er singt schön, nicht wahr?«

»O ja.«

»Und doch bleibst du nicht, um ihm zu lauschen? Kameni wird enttäuscht sein.«

Wieder färbten sich Renisenbs Wangen rot. Nofrets kalter, forschender Blick bereitete ihr Unbehagen.

»Liebst du Gesang nicht, Renisenb?«

»Kümmert es dich, Nofret, was ich liebe und was nicht?«

»Kleine Katzen haben also Krallen.«

»Wie meinst du das?«

Nofret lachte.

»Du bist nicht so dumm, wie du tust, Renisenb. Dir gefällt Kameni wohl? Oh, das wird ihn zweifellos freuen.«

»Ich finde dich ganz abscheulich«, stieß Renisenb hervor.

Sie lief an Nofret vorbei, die spöttisch hinter ihr her lachte. Aber dieses Lachen wurde in der Erinnerung überdeckt von

Kamenis Stimme, die sang, während seine Augen auf ihrem Antlitz ruhten ...

7

Erster Monat des Winters – 5. Tag

Als Renisenb am folgenden Morgen erwachte, fühlte sie sich von bösen Vorahnungen bedrückt. Sie stand früh auf und verließ das Haus. Ihre Schritte führten sie, wie so oft, zum Nil. Einige Fischer befanden sich schon draußen, und ein großes Boot bewegte sich mit kräftigen Ruderschlägen Richtung Theben.

Renisenb empfand eine unbestimmte Sehnsucht. Wonach sehne ich mich? dachte sie. Nach Khay? Aber Khay ist tot, er wird nie mehr zurückkehren. Ich will nicht mehr an Khay denken. Das alles ist vorbei.

Da bemerkte sie am Ufer eine Gestalt, die ebenfalls dem Boot, das gen Theben fuhr, nachblickte, und die Regungslosigkeit dieser Gestalt rührte Renisenb, rührte sie zutiefst, obwohl sie dann Nofret erkannte.

Nofret starrte auf den Nil hinaus. Nofret war allein. Woran mochte sie denken?

Mit einem kleinen Schrecken wurde Renisenb mit einem Mal klar, wie wenig sie alle eigentlich von Nofret wußten. Sie hatten sie als Fremde, als Feindin empfangen und keine Neugier empfunden, etwas aus ihrem Leben oder von der Umgebung, der sie entstammte, zu erfahren.

Es muß traurig sein für Nofret, dachte Renisenb plötzlich, so allein, ohne Freunde, unter lauter Menschen, die sie nicht liebten.

Langsam ging Renisenb weiter, bis sie neben ihr stand. Nofret wandte sekundenlang den Kopf, dann schaute sie wieder aufs Wasser hinaus. Ihr Gesicht war ausdruckslos.

Renisenb sagte schüchtern: »Es sind viele Boote auf dem Fluß.«

»Ja.«
Von dem unbestimmten Gefühl bewegt, Freundlichkeit zu zeigen, fuhr Renisenb fort:
»Ist es hier wie in deiner Heimat?«
Nofret lachte kurz und bitter auf.
»Nein, wirklich nicht. Mein Vater ist Kaufmann in Memphis. Dort geht es fröhlich und unterhaltsam zu. In Memphis gibt es Musik und Tanz und Gesang. Und mein Vater reist ziemlich viel. Ich war mit ihm in Syrien. Ich war mit ihm auf großen Schiffen auf den weiten Meeren.«
Sie sprach voller Stolz und schien aufzuleben.
»Dann muß es hier sehr langweilig sein für dich«, meinte Renisenb zögernd.
Nofret stieß ein ungeduldiges Lachen aus.
»Hier ist es öde – nichts als Pflügen und Säen und Ernten, Reden über den Stand des Getreides und über Flachspreise.«
Renisenb spürte, welcher Zorn und welche Verzweiflung die Frau neben ihr erfüllten. Sie dachte: Sie ist so alt wie ich, noch jünger. Und sie ist das Weib eines braven, umständlichen, ein wenig lächerlichen alten Mannes ... Was wußte sie überhaupt von Nofret? Was hatte Hori gestern auf ihren Ausbruch, Nofret sei grausam und schlecht, geantwortet? »Was für ein Kind du noch bist.« Das hatte er gesagt. Renisenb begriff jetzt, was er gemeint hatte. Ihre Worte waren oberflächlich gewesen – man konnte einen Menschen nicht so einfach abtun. Welche Kümmernisse, welche Bitterkeit, welche Verzweiflung lagen hinter Nofrets grausamem Lächeln? Was hatte Renisenb, was hatte einer von ihnen getan, damit Nofret sich heimisch fühlte?
Renisenb sagte weich: »Du haßt uns alle. Ich verstehe dich. Wir waren unfreundlich zu dir, aber es ist noch nicht zu spät. Können wir nicht, du und ich, Nofret, wie Schwestern miteinander sein? Du bist fern von deiner Heimat, du bist allein – kann ich dir helfen?«
Ihre Worte verloren sich in der Stille. Nofret drehte sich langsam zu ihr um.
Eine Weile blieb ihr Gesicht ausdruckslos. Sekundenlang glaubte Renisenb sogar einen weicheren Schimmer in ihren

Augen wahrzunehmen. Es war, als ob Nofret zögerte – als ob Renisenbs Worte etwas in ihr gerührt hätten.
Es war ein seltsamer Moment, an den Renisenb sich später erinnern sollte.
Dann veränderte sich Nofrets Ausdruck allmählich. Er wurde bösartig, und in ihren Augen glomm es auf. Vor dem wütenden Haß ihres Blickes wich Renisenb unwillkürlich einen Schritt zurück.
Nofret sagte mit leiser, heftiger Stimme: »Geh! Ich will nichts von euch, von keinem von euch. Dumme Narren, das seid ihr alle . . .«
Sie wandte sich ab und ging mit langausgreifenden Schritten dem Hause zu.
Renisenb folgte ihr langsam. Sonderbarerweise hatte Nofrets Antwort sie nicht erzürnt; sie hatte in einen Abgrund des Hasses und des Elends geblickt, und Renisenb war nur verwirrt und versuchte nachzuempfinden, wie entsetzlich es sein mußte, solche Gefühle zu hegen.

Als Nofret durch das Tor ging und den Hof überquerte, kam eins von Kaits Kindern hinter einem Ball her gesprungen.
Mit einem wütenden Stoß schob Nofret die Kleine beiseite, so daß sie hinfiel. Das Kind begann zu weinen; Renisenb eilte zu ihm, hob es auf und sagte unwillig: »Das hättest du nicht tun sollen, Nofret! Sie hat sich am Kinn verletzt, schau nur.«
Nofret lachte schneidend.
»Ich soll also achtgeben, daß diese verwöhnten Bälger sich nicht verletzen? Warum? Nehmen ihre Mütter Rücksicht auf meine Gefühle?«
Kait war aus dem Hause gelaufen, als sie das kleine Mädchen weinen hörte. Sie lief zu ihm und untersuchte die Wunde. Dann wandte sie sich an Nofret:
»Teufelin und Schlange! Böses Weib! Warte, was wir dir antun werden!«
Sie hob den Arm und schlug Nofret mit aller Kraft ins Gesicht.

Renisenb stieß einen Schrei aus und packte Kait am Arm, ehe sie zum zweiten Mal zuschlagen konnte.
»Kait, Kait, das darfst du nicht tun!«
»Wer sagt das? Laß Nofret für sich selber sorgen. Sie ist hier nur eine unter vielen.«
Nofret stand ganz still. Deutlich zeichnete sich der Schlag auf ihrer Wange ab. Das Armband, das Kait trug, hatte die Haut neben dem einen Auge aufgerissen, und Blut rann hernieder.
Aber es war Nofrets Reaktion, die Renisenb erschreckte. Nofret zeigte keinen Zorn. Statt dessen hatte sie einen rätselhaften, frohlockenden Ausdruck in den Augen, und wieder verzogen sich ihre Mundwinkel zu einem befriedigten Lächeln.
»Danke, Kait«, sagte sie.
Dann ging sie ins Haus.

Nofret rief, die Lider gesenkt, gedämpft nach Henet.
Henet kam herbeigeeilt, blieb stehen und fing an zu lamentieren.
Nofret unterbrach sie schroff:
»Hol mir Kameni. Sag ihm, er soll seine Schreibsachen und Papyrus mitbringen, um einen Brief an den Herrn zu schreiben.«
Henets Augen hefteten sich auf Nofrets Wange.
»An den Herrn . . . ich verstehe . . . Wer hat es getan?«
»Kait.« Nofret lächelte ruhig vor sich hin.
Henet schüttelte den Kopf und schnalzte mit der Zunge.
»Das ist schlimm, sehr schlimm. Der Herr muß es erfahren, ja, gewiß.«
Nofret sagte sanft: »Du und ich, Henet, wir denken gleich.« Sie löste einen in Gold gefaßten Amethyst von ihrem Gewand und drückte ihn der Frau in die Hand. »Wir beide, Henet, das weiß ich, sind ehrlich auf Imhoteps Wohlergehen bedacht.«
»Das ist zuviel für meine geringen Dienste.«
»Imhotep und ich wissen Treue zu schätzen.« Nofret lächelte immer noch; ihre Augen waren schmal und katzenhaft. »Hol

Kameni«, befahl sie abermals, »und komm mit ihm her. Ihr beide sollt bezeugen, was geschehen ist.«
Kameni kam etwas widerwillig; seine Stirn war gerunzelt.
Nofret sprach gebieterisch: »Du erinnerst dich an Imhoteps Anweisungen?«
»Gewiß«, antwortete Kameni.
»Es ist so weit. Setz dich und schreib, was ich dir sage.« Als Kameni zauderte, fuhr sie ungeduldig fort: »Du wirst schreiben, was du mit eigenen Augen gesehen und mit eigenen Ohren gehört hast, und Henet wird bestätigen, was ich sage. Die Nachricht muß im geheimen und mit aller Eile übersandt werden.«
»Es gefällt mir nicht . . .«, begann Kameni.
Nofret fuhr ihn an: »Ich habe keine Beschwerde gegen Renisenb. Sie ist weich und dumm, aber sie hat mir nichts getan. Bist du nun zufrieden?«
Kamenis bronzefarbenes Gesicht wurde von Röte übergossen.
»Daran dachte ich nicht . . .«
»Ich nahm es an«, entgegnete Nofret sanft. »Fang an, folge dem erhaltenen Befehl – schreib.«
»Ja, schreib«, mischte Henet sich ein. »Imhotep muß Bescheid wissen. Mag etwas auch sehr unangenehm sein, man hat der Pflicht zu gehorchen. So habe ich es immer gehalten.«
Nofret lachte leise.
»Davon bin ich überzeugt, Henet. Du tust deine Pflicht! Und Kameni wird tun, was seines Amtes ist. Und ich . . . ich tue, was mir Vergnügen macht.«
Aber immer noch zögerte Kameni. Seine Miene war düster.
»Nofret, du würdest dir besser noch Zeit lassen und überlegen.«
»Nimm dich in acht, Kameni«, gab Nofret sanft zurück. »Ich habe großen Einfluß auf Imhotep. Er hört auf mich. Bis jetzt war er mit dir zufrieden . . .« Bedeutungsvoll schwieg sie.
»Drohst du mir, Nofret?« fragte Kameni zornig.
»Vielleicht.«
Kameni betrachtete Nofret voller Ärger. Dann beugte er das Haupt.

»Ich will tun, was du sagst, Nofret, aber ich glaube, daß du es bereuen wirst.«
»Drohst du mir, Kameni?«
»Ich warne dich . . .«

8

Zweiter Monat des Winters – 10. Tag

Ein Tag folgte dem andern, und Renisenb glaubte manchmal in einem Traum zu leben.
Sie hatte sich Nofret nicht mehr genähert. Sie fürchtete sich jetzt vor ihr. Nofret hatte etwas an sich, das sie nicht verstand. Nach jenem Vorfall im Hof war Nofret verändert. Sie zeigte ein friedliches Frohlocken, das Renisenb nicht zu ergründen vermochte. Bisweilen meinte sie, ihre Vorstellung, Nofret sei unglücklich, müßte auf einem lächerlichen Irrtum beruhen. Nofret schien mit dem Dasein und mit ihrer Umgebung zufrieden zu sein.
Und doch hatte sich ihre Umgebung ganz entschieden zum Schlechten verändert. Nach Imhoteps Abreise hatte Nofret, wie Renisenb meinte, absichtlich Zwietracht gesät.
Jetzt aber bildete die Familie eine geschlossene Front gegen den Eindringling. Es gab keine Streitigkeiten mehr zwischen Satipy und Kait, und Satipy schimpfte nicht mehr mit dem unglücklichen Yahmose. Sobek machte einen ruhigeren Eindruck und prahlte weniger. Ipy verhielt sich seinen älteren Brüdern gegenüber weniger frech und anmaßend. Es schien Harmonie zu herrschen in der Familie, doch diese Harmonie brachte Renisenbs Seele keinen Frieden.
Satipy und Kait stritten nicht mehr mit Nofret – sie mieden sie. Sie sprachen überhaupt nicht mit ihr, und sowie sie auftauchte, riefen sie die Kinder und entfernten sich mit ihnen. Gleichzeitig ereigneten sich sonderbare, ärgerliche kleine Vorfälle. Ein Linnengewand Nofrets wurde mit einem zu heißen Eisen versengt, ein Farbstoff mit einem andern zu-

sammengeschüttet. Manchmal fanden scharfe Dornen den Weg in ihre Kleidungsstücke; ein Skorpion wurde bei ihrem Bett entdeckt. Die Speisen, die ihr gereicht wurden, waren zu scharf oder gar nicht gewürzt. In ihrem Brot fand sich eines Tages eine tote Maus.

Es war eine stille, unablässige Verfolgung, die sich nicht greifen ließ – offenbar der Feldzug eines Weibes.

Dann schickte Esa eines Tages nach Satipy, Kait und Renisenb. Henet befand sich schon dort; sie stand kopfschüttelnd und händereibend im Hintergrund.

»Da sind ja meine klugen Enkelinnen«, sagte Esa und betrachtete sie spöttisch. »Was treibt ihr da eigentlich? Was höre ich – Nofrets Gewand zugrunde gerichtet, ihr Essen ungenießbar?«

Satipy und Kait lächelten. Es war kein gutes Lächeln.

»Hat Nofret sich beschwert?« fragte Satipy.

»Nein, Nofret ist zweimal so klug wie ihr alle drei zusammen.«

Satipys Gesicht verhärtete sich.

»Du bist alt, Esa, für dich bedeuten viele Dinge nichts mehr, die uns zu schaffen machen. Wir haben beschlossen, uns selber zu helfen, uns und unsere Kinder zu schützen. Wir haben Mittel und Wege, mit einer Frau fertig zu werden, die wir nicht mögen und hier nicht dulden.«

»Schöne Worte«, versetzte Esa kichernd. »Aber schöne Worte wissen auch Sklavinnen beim Mühlstein zu machen.«

»Wahr und klug gesprochen«, ließ Henet sich aus dem Hintergrund vernehmen.

Esa wandte sich ihr zu: »Nun, Henet, was sagt Nofret zu all diesen Geschehnissen? Du solltest es wissen, du bedienst sie schließlich immer.«

»Wie Imhotep mir befohlen hat. Es widerstrebt mir natürlich, ihr zu dienen, aber ich muß tun, was der Herr mir befiehlt. Du glaubst doch hoffentlich nicht . . .«

Esa schnitt Henets jammernde Stimme ab: »Wir wissen Bescheid. Du bist treu und ergeben, Henet, und erntest nie den Dank, der dir gebührt. Was sagt Nofret zu alldem? Das habe ich dich gefragt.«

Henet schüttelte den Kopf.
»Sie sagt nichts. Sie ... lächelt nur.«
»Ganz recht.« Esa nahm eine Jujube von der neben ihr stehenden Schale und steckte sie in den Mund. Dann stieß sie mit plötzlicher bösartiger Verdrossenheit hervor: »Ihr seid alle dumm. Nofret hat die Macht, nicht ihr. Ihr spielt ihr in die Hände. Ich möchte schwören, daß euer Tun ihr sogar gefällt.«
Satipy erwiderte scharf: »Unsinn! Nofret ist allein unter vielen. Wieso hat sie Macht?«
Esa sagte grimmig: »Die Macht einer jungen, schönen Frau, die mit einem alternden Mann verheiratet ist. Habe ich nicht recht?« Henet zuckte zusammen. Seufzend schlang sie die Hände ineinander.
»Der Herr hält sehr viel von ihr.«
»Geh in die Küche«, befahl Esa. »Bring mir Datteln und syrischen Wein, ja, und auch Honig dazu.«
Als Henet gegangen war, sagte die Alte: »Es braut sich Unheil zusammen – ich rieche es. Satipy, du bist die Anstifterin. Hüte dich, daß du Nofret nicht in die Hände spielst, während du geschickt zu sein glaubst.« Sie lehnte sich zurück und schloß die Augen. »Ich habe euch gewarnt – nun geht.«
»Wir in Nofrets Gewalt!« sagte Satipy mit einem Zurückwerfen des Kopfes, während sie zum See gingen. »Esa ist so alt, daß sie wunderliche Anschauungen hat. Wir haben Nofret in unsrer Gewalt! Wir werden ihr nichts antun, das hinterbracht werden kann, aber ich glaube, daß es sie bald reuen wird, hierhergekommen zu sein.«
»Du bist grausam!« rief Renisenb.
Satipy blickte sie belustigt an.
»Gib dir nicht den Anschein, Nofret zu lieben, Renisenb.«
»Nein, nein. Aber du redest so ... so rachsüchtig.«
»Ich denke an meine Kinder – und an Yahmose! Ich bin kein schwaches Weib, und ich habe Ehrgeiz. Ich würde der Frau mit dem größten Vergnügen den Hals umdrehen. Leider geht das nicht so einfach. Imhotep darf nicht erzürnt werden. Aber ich glaube, daß sich doch etwas machen läßt.«

Der Brief war wie in Dolchstoß.

In benommenem Schweigen starrten Yahmose, Sobek und Ipy auf Hori, als er die Worte von der Papyrusrolle ablas.

»Sagte ich nicht zu Yahmose, daß ich ihn zur Rechenschaft ziehen würde, wenn meinem Weib das geringste Leid geschähe? Ihr alle seid gegen mich, und ich bin gegen euch! Ich dulde euch nicht länger in meinem Hause, weil ihr mein Weib nicht geachtet habt. Ihr seid nicht mehr meine Söhne. Ihr alle, Yahmose, Sobek, Ipy, habt meinem Weib Leid zugefügt. Das ist durch Kameni und Henet beglaubigt. Ich werde euch aus meinem Hause verbannen, euch alle! Ich habe für euren Unterhalt gesorgt, jetzt werde ich nicht mehr für euch sorgen.«

Hori machte eine Pause und fuhr fort:

»Der Ka-Diener Imhotep spricht zu Hori. Du, der du treu warst, wie geht es dir? Grüße meine Mutter Esa und meine Tochter Renisenb, und grüße Henet. Kümmere dich sorgsam um meine Geschäfte, und bereite alles vor, daß mein Weib Nofret meine Teilhaberin wird. Weder Yahmose noch Sobek soll mein Teilhaber werden; auch werde ich sie nicht mehr unterhalten, und hiermit klage ich sie an, meinem Weib Leid zugefügt zu haben! Hüte alles gut, bis ich wiederkomme. Wie schlimm ist es, wenn die Familienangehörigen eines Mannes seinem Weib Böses tun! Was Ipy betrifft, so sei er gewarnt, und wenn er meinem Weib das Geringste zuleide tut, wird auch er bestimmt aus meinem Hause verbannt.«

Gelähmt schwiegen alle; dann erhob sich Sobek in heftigem Zorn.

»Wie ist es dazu gekommen? Was hat mein Vater vernommen? Wer hat ihm Lügen zugetragen? Sollen wir das dulden? Mein Vater kann uns nicht so einfach enterben und alle Güter seinem Weib geben!«

Hori entgegnete milde: »Nach dem Gesetz hat er diese Macht.«

»Sie hat ihn behext, diese schwarze, arge Schlange hat ihn verzaubert!«

Yahmose murmelte benommen: »Es ist unglaublich, es kann nicht wahr sein.«

»Mein Vater ist verrückt geworden!« rief Ipy. »Er wendet sich sogar gegen mich!«
Beruhigend fiel Hori ein: »Imhotep wird bald zurückkehren. Bis dahin ist sein Zorn vielleicht abgekühlt; er meint seine Worte wohl nicht ernst.«
Ein kurzes, unangenehmes Lachen erklang. Satipy stand in der Tür zum Frauenquartier und blickte auf die Männer.
»Wir sollen also abwarten, nicht wahr, höchst ausgezeichneter Hori?«
»Was können wir anderes tun?« versetzte Yahmose bedächtig.
Satipys Stimme hob sich: »Was habt ihr alle eigentlich in den Adern? Milch? Yahmose ist kein Mann, das weiß ich. Aber du, Sobek, hast du kein Mittel gegen diese Plagen? Ein Messer ins Herz, und die Frau könnte uns nichts mehr antun.«
»Satipy!« schrie Yahmose auf. »Mein Vater würde uns das nie vergeben!«
»Ich sage dir, ein totes Weib ist nicht dasselbe wie ein lebendes Weib! Ist sie erst tot, so wird sein Herz sich wieder seinen Söhnen und Enkeln zuwenden. Und wie würde er überdies erfahren, woran sie gestorben ist? Wir könnten sagen, ein Skorpion habe sie gestochen.«
Yahmose erwiderte nachdrücklich: »Mein Vater würde es erfahren. Henet würde es ihm sagen.«
Satipy lachte erregt.
»Höchst kluger Yahmose! Höchst sanfter, vorsichtiger Yahmose! Du solltest die Kinder pflegen und die Frauenarbeit im Haus besorgen. Sakhmet steh mir bei! Verheiratet mit einem Mann, der kein Mann ist . . . Und du, Sobek, der du immer so prahlst, wo ist dein Mut, deine Entschlossenheit? Ich schwöre bei Re, ich bin mehr Mann als ihr alle zusammen.«
Mit einem Ruck drehte sie sich um und entfernte sich.
Kait, die hinter ihr gestanden hatte, trat einen Schritt vor. Mit bebender Stimme sagte sie:
»Satipy spricht wahr! Sie ist mehr Mann als ihr alle zusammen. Yahmose, Sobek, Ipy, wollt ihr alle nichts unternehmen? Sollen deine Kinder hungern, Sobek? Nun, wenn du nichts unternimmst, ich werde es!«

Nachdem auch sie gegangen war, fuhr Sobek auf:
»Bei den Göttern, Kait hat recht! Es gibt Männerarbeit zu tun, und wir sitzen hier und schütteln den Kopf.«
Er schritt auf die Tür zu. Hori rief ihm nach:
»Sobek, Sobek, wohin gehst du? Was willst du tun?«
Sobek, schön und feurig, rief von der Tür aus:
»Ich werde etwas tun – das steht fest. Und ich werde es mit Wonne tun!«

9

Zweiter Monat des Winters – 10. Tag

Renisenb trat aus dem Hause und schützte die Augen gegen die jähe Helligkeit.
Namenlose Furcht erfüllte sie. Immer wieder sagte sie zu sich: Ich muß Nofret warnen ... ich muß Nofret warnen ...
Hinter sich hörte sie Männerstimmen, die Stimmen Horis und Yahmoses, die sich mischten, und dann erhob sich darüber Ipys klarer Knabensopran.
»Satipy und Kait haben recht. Ihr seid keine Männer! Aber ich bin ein Mann, bin im Herzen ein Mann, wenn auch nicht an Jahren. Nofret hat sich über mich lustig gemacht, mich ausgelacht, mich wie ein Kind behandelt. Ich werde ihr beweisen, daß ich kein Kind mehr bin. Ich fürchte mich vor dem Zorn meines Vaters nicht. Ich kenne meinen Vater. Er ist behext – diese Frau hat ihn mit einem Zauber gebannt. Wenn sie vernichtet würde, dann würde sich sein Herz wieder mir zukehren – mir! Ich bin der Sohn, den er am meisten liebt. Ihr alle behandelt mich, als ob ich ein Kind wäre, aber ihr werdet sehen. Ja, ihr werdet sehen!«
Als er aus dem Haus eilte, stieß er mit Renisenb zusammen, die fast umgefallen wäre. Sie ergriff seinen Arm.
»Ipy, Ipy, wohin gehst du?«
»Ich suche Nofret. Sie soll sehen, ob sie mich auslachen kann!«

»Warte ein wenig. Man darf nichts übereilt tun.«
Der Knabe lachte zornig.
»Du bist wie Yahmose. Klugheit! Vorsicht! Nichts übereilt tun! Yahmose ist wie ein altes Weib. Und Sobek prahlt nur mit großen Worten. Laß mich los, Renisenb.« Er machte sich frei. Im gleichen Augenblick trat Henet heraus, und er fuhr auf sie zu: »Wo ist Nofret?«
»Sag es ihm nicht!« schrie Renisenb, aber Henet antwortee schon: »Sie ist zu den Flachsfeldern gegangen, den hinteren Weg.«
Ipy lief ums Haus herum, und Renisenb bemerkte vorwurfsvoll: »Du hättest es ihm nicht sagen sollen, Henet.«
»Nie habt ihr Vertrauen zu mir«, klagte Henet. »Aber ich weiß genau, was ich tue. Der Junge braucht Zeit, um sich abzukühlen. Er wird Nofret bei den Flachsfeldern nicht finden.«
Sie lächelte schlau. »Nofret ist dort im Pavillon – mit Kameni.«
Renisenb machte sich auf den Weg über den Hof. Da kam Teti, ihren hölzernen Löwen hinter sich her ziehend, auf sie zugelaufen, und Renisenb hob die Kleine hoch. In diesem Augenblick erkannte sie die Kraft, die Satipy und Kait trieb. Die beiden Frauen kämpften für ihre Kinder.
Als Renisenb sich dem Pavillon näherte, drehten Nofret und Kameni, die dort standen, sich um.
Renisenb sprach rasch und atemlos: »Nofret, ich komme, um dich zu warnen. Du mußt auf der Hut sein.«
Nofrets Gesicht spiegelte verächtliche Belustigung. »Bellen die Hunde also? Mir kann niemand ein Leid antun. Dein Vater würde es sofort erfahren und Rache üben. Das wird ihnen klar werden, wenn sie erst einmal nachdenken.« Sie lachte. »Wie dumm sie waren mit ihren kleinen Beleidigungen und Belästigungen! Sie haben mir die ganze Zeit den Sieg zugespielt.«
»Du hat das alles also längst geplant?« versetzte Renisenb langsam. »Und ich hatte Mitleid mit dir – ich fand uns unfreundlich. Ich habe kein Mitleid mehr mit dir, Nofret. Ich glaube, du bist böse.«

»Ich habe dir nichts angetan, Renisenb. Gegen dich habe ich nichts gesagt. Frag Kameni.« Nofret ging über den Hof und die Stufen zum Hause empor. Henet trat heraus, und die beiden Frauen verschwanden miteinander.
Renisenb wandte sich an Kameni: »Du hast ihr also geholfen, Kameni, uns dies anzutun?‹
»Was blieb mir anderes übrig?« entgegnete Kameni.
»Imhotep hat mir ausdrücklich befohlen, ihm unverzüglich zu schreiben, sowie Nofret mich darum ersuchen würde.«
»Dann trifft dich keine Schuld. Du mußtest dem Befehl meines Vaters gehorchen.«
»Ich habe es nicht gern getan, und es stimmt, Renisenb, über dich war kein Wort der Klage dabei.«
»Als ob mich das kümmert!«
»Aber mich kümmert es. Was Nofret mir auch gesagt hätte, ich hätte kein Wort geschrieben, das gegen dich gerichtet gewesen wäre. Renisenb, bitte glaube mir. Ich schrieb auch keine einzige Lüge, das schwöre ich dir.«
»Sicher waren keine Lügen dabei«, erwiderte Renisenb traurig. »Dazu ist Nofret viel zu klug.«
Die alte Esa hatte recht behalten. Die böswilligen Streiche, die Kait und Satipy ausgeheckt hatten, waren Nofret äußerst gelegen gekommen. Kein Wunder, daß sie mit katzenhaftem Lächeln herumgegangen war.
»Sie ist schlecht«, sagte Renisenb aus ihren Gedanken heraus.
»Ja«, stimmte Kameni zu, »sie ist ein schlimmes Geschöpf.«
Renisenb sah ihn neugierig an.
»Du kanntest sie schon, ehe sie hierherkam, nicht wahr?«
Kameni errötete verlegen.
»Ich kannte sie nicht gut . . . ich hatte von ihr gehört. Ein stolzes Mädchen, hieß es, ehrgeizig und hart, eine, die nicht verzeiht.«
Renisenb warf in plötzlicher Ungeduld den Kopf zurück.
Ich glaube nicht, daß mein Vater seine Drohungen wahrmachen wird. Er ist augenblicklich erzürnt, aber so ungerecht kann er nicht sein. Wenn er zurückkehrt, wird er vergeben.«
»Wenn er zurückkehrt«, entgegnete Kameni, »wird Nofret da-

für sorgen, daß er seine Meinung nicht ändert. Du kennst Nofret nicht, Renisenb. Sie ist sehr klug und sehr entschlossen ... und sie ist, vergiß das nicht, sehr schön.«
»Ja«, stimmte Renisenb zu, »sie ist schön.« Sie wandte sich ab, um fortzugehen. Aus irgendeinem Grunde tat ihr der Gedanke an Nofrets Schönheit weh.

Renisenb verbrachte den Nachmittag beim Spiel mit den Kindern. Dadurch wurde der unbestimmte Schmerz in ihrem Herzen gelindert. Erst kurz vor Sonnenuntergang fiel ihr mit Verwunderung auf, daß weder Satipy noch Kait draußen gewesen war.
Kameni befand sich längst nicht mehr im Hof. Renisenb begab sich langsam ins Haus. Im Wohnraum war niemand, und sie ging weiter zum Frauenquartier. Esa döste im Winkel ihres Zimmers, und ihre kleine Sklavin ordnete Linnentücher. In der Küche wurde Brot gebacken.
Renisenb fühlte sich von einer seltsamen Leere bedrückt. Wo waren alle?
In Nofrets Zimmer hing starker Parfümduft. Renisenb starrte von der Tür aus auf die kleine hölzerne Nackenstütze, auf einen Schmuckkasten, ein Häufchen Perlenarmbänder und einen mit einem blauen Skarabäus verzierten Ring. Wo mochte Nofret sein?
Sie wandte sich ab und ging weiter. Am Hinterausgang traf sie mit Henet zusammen, die gerade hereinkam.
»Wo sind alle, Henet? Außer meiner Großmutter ist niemand im Hause.«
»Wie soll ich das wissen? Ich habe gearbeitet, habe beim Weben geholfen und für hundert Dinge gesorgt. Ich habe keine Zeit zum Sapzierengehen.«
Das bedeutete, dachte Renisenb, daß jemand spazierengegangen war. Vielleicht war Satipy ihrem Mann gefolgt, um ihm weiter zuzusetzen. Aber wo war Kait? Es sah Kait so gar nicht ähnlich, längere Zeit von ihren Kindern fortzubleiben.
Und wieder dachte sie: Wo mag nur Nofret sein?
Als hätte Henet ihre Gedanken gelesen, sagte sie: »Was Nofret betrifft, so ging sie vor längerer Zeit zum Grab hinauf. O

ja, Hori paßt zu ihr.« Henet lachte spöttisch. »Hori ist ebenfalls schlau.« Sie glitt etwas näher zu Renisenb. »Ich wünschte, du wüßtest, Renisenb, wie unglücklich ich über all dies war. Sie kam damals zu mir, weißt du – sie blutete, und man sah die Spuren von Kaits Fingern auf ihrer Wange. Und sie ließ Kameni holen, und ich mußte bezeugen, was ich gesehen hatte, und natürlich konnte ich nicht sagen, ich hätte es nicht gesehen! Oh, sie ist schlau. Und ich denke die ganze Zeit an deine liebe Mutter . . .«

Renisenb ließ sie stehen und ging in den goldenen Abendsonnenschein hinaus. Sie beschleunigte den Schritt, als sie sich dem Klippenpfad zuwandte. Sie wollte zum Grab hinauf und Hori suchen. Hori war wie die Felsen: unerschütterlich, unbeweglich, standhaft.

Da sah sie plötzlich Satipy auf sie zukommen. Satipy mußte ebenfalls oben beim Grab gewesen sein. Wie sonderbar Satipy ging, sie schwankte hin und her, stolperte, als ob sie nichts sähe . . .

Als Satipy Renisenb erblickte, blieb sie jählings stehen; ihre Hand fuhr zur Brust empor. Renisenb, die sich ihr näherte, erschrak über den Ausdruck ihres Gesichts.

»Was ist geschehen, Satipy?«

»Was soll geschehen sein? Nichts natürlich.«

»Wo warst du?«

»Ich ging zum Grab hinauf – um Yahmose zu suchen. Er war nicht dort. Niemand war dort.«

Renisenb starrte sie an. Das war eine neue Satipy, die sie gar nicht kannte. Eine Satipy ohne Tatkraft und ohne Leben.

»Komm, Renisenb, komm ins Haus zurück.«

Satipy legte ihre leicht bebende Hand auf Renisenbs Arm und versuchte sie zurückzudrängen, aber bei der Berührung lehnte sich etwas in Renisenb auf.

»Nein, ich will zum Grab.«

»Aber es ist niemand oben, das sagte ich dir doch.«

»Ich sitze gern dort und schaue auf den Fluß hinaus.«

»Aber die Sonne geht schon unter, es ist spät.«

Renisenb schüttelte die Hand ab.

»Laß mich, Satipy!«

»Komm mit mir zurück!«
Aber Renisenb war schon vorbei und schritt weiter. Es war dort etwas, ihr Instinkt sagte es ihr; und sie lief schneller.
Dann gewahrte sie es, das dunkle Bündel, das im Schatten des Felsens lag. Sie eilte weiter, bis sie dicht davorstand.
Da lag Nofret mit zusammengekrümmtem Körper und offenen, blinden Augen ...
Renisenb bückte sich und berührte die kalte Wange. Sie richtete sich wieder auf und blickte auf die Tote hinab. Sie hörte kaum, daß Satipy zu ihr trat.
»Sie muß gefallen sein«, sagte Satipy. »Sie ist von der Klippe heruntergestürzt. Vielleicht hat eine Schlange sie erschreckt.«
Renisenb zuckte zusammen; denn unwillkürlich mußte sie an Sobek und die Schlange denken. Sie fühlte eine plötzliche Erleichterung, als sie Horis Stimme vernahm: »Was ist geschehen?«
Hori und Yahmose waren miteinander gekommen. Satipy erklärte ihnen zungenfertig, daß Nofret vom oberen Pfad herabgestürzt sein mußte.
Yahmose meinte: »Sie hat uns wohl gesucht, aber Hori und ich waren mindestens eine Stunde fort, um die Berieselungsanlage zu besichtigen. Als wir zurückkamen, sahen wir euch hier stehen.«
»Wo ist Sobek?« fragte Renisenb, und sie kannte ihre eigene Stimme nicht wieder.
Hori drehte scharf den Kopf nach ihr um. Yahmoses Ton war nur verwundert, als er zurückgab: »Sobek? Ich habe ihn den ganzen Nachmittag nicht mehr gesehen, seit er im Zorn aus dem Haus lief.«
Renisenb bemerkte, daß Hori die Tote betrachtete, und sie glaubte zu wissen, was er dachte.
Satipy wiederholte eindringlich:
»Sie ist vom oberen Pfad herabgestürzt. Der Weg ist schmal und recht gefährlich.«
Als würde eine Last von ihr genommen, hörte Renisenb Horis ernste Stimme bestätigen:
»Ja, sie ist gestürzt.«

Seine Augen begegneten ihrem Blick. Sie dachte: Er weiß es genau wie ich. Wir beide wissen es und werden es immer wissen.
Unsicher sagte sie:
»Ja, sie ist gestürzt.«
Und wie ein endgültiges Echo stimmte Yahmose mit sanftem Ton bei:
»Sie muß vom oberen Pfad heruntergestürzt sein.«

10

Vierter Monat des Winters – 6. Tag

Imhotep saß Esa gegenüber.
»Sie erzählen alle die gleiche Geschichte«, sagte er verdrossen.
»Das ist wenigstens schicklich«, gab Esa zurück.
»Schicklich!« schnaubte er. »Ob sie die Wahrheit sprechen, das muß ich entscheiden. War es ein Unfall?« Er schüttelte den Kopf. »Ich darf nicht vergessen, daß die Ankündigung meiner Absichten leidenschaftliche Gefühle geweckt haben könnte.«
»Ja, wirklich, das war der Fall. Sie schrien in der Haupthalle, daß ich hier in meinem Zimmer jedes Wort verstehen konnte. War es dir mit diesen Absichten übrigens ernst?«
Imhotep bewegte sich unbehaglich, während er murmelte:
»Ich schrieb im Zorn. Meiner Familie mußte eine scharfe Lehre erteilt werden.«
»Mit andern Worten«, sagte Esa, »du hast nur gedroht. Wie üblich hast du Staub aufgewirbelt und nicht überlegt.«
Imhotep beherrschte seine aufsteigende Gereiztheit.
»Das hat jetzt gar keine Bedeutung. Es handelt sich nun um Nofrets Tod. Wenn tatsächlich jemand in meiner Familie so pflichtvergessen und jähzornig sein könnte, mein Weib umzubringen, ich weiß nicht, was ich ihm antun würde!«
»Dann ist es ja ein Glück, daß alle dieselbe Geschichte erzäh-

len«, erwiderte Esa. »Niemand hat irgend etwas anderes angedeutet, nicht wahr?«
»Niemand.«
»Warum betrachtest du den Fall dann nicht als abgeschlossen? Du hättest Nofret mitnehmen sollen. Ich habe es dir damals geraten.«
»Du glaubst also . . .«
Esa unterbrach ihn nachdrücklich: »Ich glaube, was mir gesagt wird, solange ich mit meinen Augen nichts anderes sehe oder mit meinen Ohren nichts anderes höre. Du hast Henet wohl gefragt? Was meint sie dazu?«
»Sie ist betrübt. Um meinetwillen.«
Esa hob die Brauen.
»Wirklich? Dann solltest du den Fall als abgeschlossen betrachten. Es gibt viele andere Angelegenheiten, die auf dich warten.«
»Das stimmt.« Imhotep stand mit der ihm eigenen übertriebenen Würde auf. »Yahmose wartet in der Haupthalle auf mich mit dringenden Angelegenheiten. Ich habe viele Entscheidungen zu treffen. Wie du sagst, persönlicher Kummer darf uns von der Erfüllung der Pflichten nicht abhalten.« Er ging hinaus.
Esa lächelte ein wenig sardonisch vor sich hin; dann wurde ihr Gesicht wieder ernst. Sie seufzte und schüttelte den Kopf.

Yahmose wartete zusammen mit Kameni auf seinen Vater. Hori, erklärte er, beaufsichtige gerade die Arbeit der Einbalsamierer und der Leute, die die letzten Vorbereitungen zum Begräbnis trafen.
Es hatte einige Wochen gedauert, bis Imhotep nach Erhalt der Nachricht von Nofrets Tod heimgekehrt war, und die Vorbereitungen zum Begräbnis waren inzwischen fast vollendet. Die Leiche hatte lange in der Lauge gelegen, war hergerichtet, geölt und mit Salzen eingerieben worden und lag im Sarg.
Yahmose sagte, er habe jene kleine Grabkammer neben dem Felsengrab gewählt, die dafür bestimmt war, dereinst Imhotep selber aufzunehmen. Er führte im einzelnen aus, was er veranlaßt hatte, und Imhotep drückte seine Billigung aus.

»Du hast es recht gemacht, Yahmose«, sagte er freundlich. »Du hast Entschlußkraft und Überlegung bewiesen.«
Yahmose errötete leicht ob des unerwarteten Lobes.
»Opi und Montu sind allerdings ziemlich teure Einbalsamierer«, fuhr Imhotep fort. »Ich hätte unbekanntere gewählt.«
»Während deiner Abwesenheit mußte ich entscheiden, und ich war darauf bedacht, daß dem Weib, dem du so zugetan warst, die gebührenden Ehren erwiesen werden.«
Imhotep nickte und klopfte seinem Sohn die Schulter.
»Es war ein gutgemeinter Fehler, das erkenne ich an, und die unnötigen Ausgaben wurden mir zuliebe gemacht. Gleichwohl heißt es sparen . . .«, er räusperte sich. »Wir wollen sehen, wie wir die Ausgaben verringern können. Lies mir den Kostenanschlag vor, Kameni.«
Kameni raschelte mit dem Papyrus.
Yahmose stieß einen Seufzer der Erleichterung aus.

Kait ging zum See und blieb an der Stelle stehen, wo die Kinder und Mütter sich aufhielten.
»Du hattest recht, Satipy«, sagte sie. »Ein totes Weib ist wirklich nicht dasselbe wie in lebendes Weib!«
Satipy blickte sie mit verschwommenen Augen an, und Renisenb fragte schnell statt ihrer: »Wie meinst du das, Kait?«
»Für die Lebende war nichts gut genug – Kleider, Juwelen, sogar die Erbschaft, die Imhoteps eigenem Fleisch und Blut gehören sollte! Aber jetzt ist Imhotep eifrig damit beschäftigt, die Begräbniskosten zu verringern. Wozu für eine Tote Geld verschwenden? Ja, Satipy, du hattest recht.«
Satipy murmelte: »Was sagte ich denn? Ich weiß es nicht mehr.«
»Es ist am besten so«, stimmte Kait zu. »Ich weiß es auch nicht mehr. Und Renisenb hat es ebenfalls vergessen.«
Renisenb blickte Kait wortlos an. In Kaits Stimme hatte eine leichte Drohung geschwungen, die Renisenb Unbehagen bereitete. Sie hatte Kait eigentlich immer für einen etwas dummen, unterwürfigen Menschen gehalten. Jetzt fiel ihr auf, daß Kait und Satipy die Rollen vertauscht zu haben schienen. Offenbar beherrschte die ruhige Kait nun Satipy.

Oder gewann man diesen Eindruck, weil Satipy sich verändert hatte? fragte sich Renisenb. Ihre Stimme schrillte nicht mehr, und sie hatte ihr selbstbewußtes Gehaben gänzlich abgelegt. Renisenb meinte zuerst, der Schrecken über Nofrets Tod habe die Veränderung bewirkt, aber so lange konnte der Schrecken doch nicht anhalten. Anstatt, wie man es von Satipy erwartet hätte, sich unverblümt über den plötzlichen Tod der Frau auszulassen, zuckte sie nur zusammen, sooft Nofrets Name fiel. Sie schien auch Yahmose sanfter zu behandeln, und er zeigte infolgedessen mehr Sicherheit und Entschlossenheit. Jedenfalls brachte Satipys Verwandlung nur Gutes, fand Renisenb, doch irgendwie war sie ihr unheimlich . . .

Mit einem Mal merkte Renisenb, daß Kait sie mit gerunzelten Brauen betrachtete.

Offensichtlich erwartete Kait ein Wort der Zustimmung. »Renisenb weiß es auch nicht mehr«, wiederholte sie.

Renisenb fühlte plötzlich eine ganz starke Auflehnung. Sie wollte sich von niemandem befehlen lassen, was sie wußte und was nicht, und sie begegnete Kaits Blick mit trotzigem Widerspruch.

»Frauen, die einem Haushalt angehören, müssen zusammenhalten«, sagte Kait.

Renisenb fand ihre Stimme wieder.

»Warum?«

»Weil sie die gleichen Interessen haben.«

Renisenb schüttelte den Kopf.

»So einfach ist das nicht.«

»Willst du Unannehmlichkeiten heraufbeschwören, Renisenb?«

»Nein. Was meinst du übrigens mit Unannehmlichkeiten?«

»Alles, was damals in der großen Halle gesagt worden ist, wird am besten vergessen.«

Renisenb lachte.

»Du bist dumm, Kait, die Diener, die Sklaven, meine Großmutter, alle müssen es gehört haben. Weshalb Geschehenes ungeschehen machen wollen?«

Satipy fiel mit plötzlicher Gereiztheit ein: »Hör auf davon zu reden, Kait. Wenn Renisenb Unannehmlichkeiten heraufbeschwören will, so laß sie doch.«
»Das will ich ja gar nicht«, entgegnete Renisenb unwillig. »Ich finde es nur dumm, einen falschen Anschein zu erwekken.«
»Nein, es ist klug«, sagte Kait. »Du mußt an Teti denken.«
»Teti fehlt nichts.«
»Niemandem fehlt etwas . . . nachdem Nofret tot ist«, lächelte Kait.
Es war ein ernstes, ruhiges, zufriedenes Lächeln, und wieder fühlte Renisenb Auflehnung im Innern.
Immerhin hatte Kait recht. Friede herrschte, und es fehlte niemandem etwas. Der Eindringling, der Störenfried, war für immer fort.
Warum aber hegte Renisenb kameradschaftliche Gefühle für die tote Frau, die sie nicht geliebt hatte? Weshalb dieses Bedauern und dieses Mitleid für die böse, schlechte Nofret? Renisenb schüttelte verwirrt den Kopf. Sie saß am Wasser, nachdem die andern sich entfernt hatten, und versuchte vergeblich, sich über alles klarzuwerden.
Die Sonne stand tief, als Hori, der den Hof überquerte, Renisenb sah, zu ihr kam und sich neben ihr niederließ.
»Es ist spät, Renisenb. Du solltest hineingehen.«
Seine ernste, ruhige Stimme beschwichtigte sie wie stets.
Sie bekannte ihm ihre Sorgen:
»Wieso sind alle mit einem Mal anders, Hori? Satipy ist nicht wiederzuerkennen. Man kann sich doch nicht in einem Tag ändern.«
»In einem Tag – nein.«
»Und Kait, die immer so still und ergeben war, beherrscht uns nun alle. Sogar Sobek scheint Angst vor ihr zu haben. Auch Yahmose ist anders; er erteilt Befehle und erwartet, daß man ihm gehorcht!«
»Und all das verwirrt dich, Renisenb?«
»Ja. Weil ich es nicht verstehe. Manchmal meine ich, daß vielleicht auch Henet ganz anders ist, als sie sich gibt.«
Renisenb lachte wie über etwas ganz und gar Lächerliches,

aber Hori stimmte nicht ein. Seine Miene blieb ernst und nachdenklich.
»Du hast über die Menschen noch nicht viel nachgedacht, nicht wahr, Renisenb? Sonst wüßtest du wohl ...« Er machte eine Pause und fuhr dann fort: »Du weißt doch, daß alle Gräber eine Scheintür haben.«
»Ja, natürlich«, gab sie verwundert zurück.
»Nun, mit den Menschen verhält es sich ebenso. Sie schaffen sich eine Scheintür, um zu täuschen. Wenn sie sich ihrer Schwäche, ihrer Untüchtigkeit bewußt sind, machen sie sich eine Tür der Selbstsicherheit und Überlegenheit, und nach einer Weile glauben sie selber daran. Sie glauben, und jeder glaubt, daß sie die vorgetäuschten Eigenschaften haben. Aber hinter der Tür, Renisenb, da ist nackter Felsen ... Und wenn dann die Wirklichkeit kommt und sie mit der Feder der Wahrheit berührt, offenbart sich ihr wahres Ich. Kaits Sanftheit und Unterwürfigkeit brachten ihr alles, was sie sich wünschte – einen Gatten und Kinder –, Dummheit erleichterte ihr das Leben, aber als die Wirklichkeit in Form von Gefahr drohte, kam ihre wahre Natur zum Vorschein. Sie hat sich nicht verändert, Renisenb – diese Strenge und Unbarmherzigkeit gehörten schon immer zu ihrem Charakter.«
Renisenb sagte naiv: »Aber mir gefällt das nicht. Es erschreckt mich. Jeder soll anders sein, als man meint ... Und wie verhält es sich mit mir? Ich bin doch immer dieselbe.«
»Wirklich?« lächelte er. »Warum hast du dann all die Stunden grübelnd hier gesessen? Hat das die frühere Renisenb auch getan?«
»O nein. Da war es nicht nötig ...« Sie hielt inne.
»Siehst du? Du sagst es selbst. Du bist nicht mehr das glückliche, gedankenlose Geschöpfchen, das alles hinnahm. Worüber hast du denn gegrübelt?«
»Über Nofret ... warum ich sie nicht vergessen kann. Sie war böse und grausam und versuchte uns weh zu tun, und nun ist sie tot – weshalb kann ich es nicht dabei belassen?«
»Kannst du das nicht?«
»Nein.« Sie fuhr sich mit der Hand über die Augen. »Manchmal ist mir, als wüßte ich, was sie empfunden hat. Sie war

sehr unglücklich, das weiß ich jetzt, Hori. Sie wollte uns weh tun, weil sie so unglücklich war.«

»Das kannst du nicht wissen, Renisenb.«

»Nein, natürlich nicht mit Bestimmtheit, aber ich fühle es. Das Elend, die Bitterkeit, der glühende Haß ... das sah ich alles auf ihrem Antlitz geschrieben, aber ich begriff es damals nicht! Sie muß einen Mann geliebt haben, und dann hat sie ihn nicht bekommen ... vielleicht ist er gestorben oder fortgezogen. Dadurch ist sie so grausam geworden. Sie wurde das Weib eines alten Mannes, meines Vaters, sie kam hierher, und wir liebten sie nicht, und sie wollte uns ebenso unglücklich machen, wie sie unglücklich war ... ja, so war es!«

Hori betrachtete sie neugierig. »Du scheinst deiner Sache sehr sicher zu sein.« Dann fragte er ruhig: »Du glaubst nicht, daß Nofret durch einen Unfall umgekommen ist, nicht wahr? Du denkst, jemand hat sie hinuntergestoßen, ist es so?«

Leidenschaftlich wehrte Renisenb ab, als sie ihre Meinung in Worten ausgedrückt hörte: »Nein, nein, sag das nicht!«

»Ist es nicht wahr, Renisenb?«

»Ja, es ist wahr.«

Hori senkte den Kopf.

»Und du glaubst, daß Sobek es getan hat?«

»Wer sonst hätte es gewesen sein können? Erinnerst du dich an die Schlange und an seine Worte, als er damals aus dem Haus lief?«

»Ja, ich erinnere mich. Aber nicht immer tun diejenigen Menschen am meisten, die am meisten sagen.«

»Doch du glaubst auch, daß sie getötet wurde?«

»Ja. Aber das ist nur ein Verdacht, Renisenb. Ich habe keinen Beweis. Es wird wohl auch nie bewiesen werden. Deshalb habe ich Imhotep zugeredet, den Urteilsspruch zu unterzeichnen, daß es ein Unfall war. Jemand hat Nofret hinuntergestoßen, aber wir werden nie erfahren, wer es war.«

»Du meist also nicht, daß Sobek es war?«

»Ich glaube es nicht. Aber wie gesagt, wir werden es nie erfahren – darum ist es am besten, nicht mehr darüber nachzudenken.«

»Wenn nicht Sobek – wer war es dann?«
Hori schüttelte den Kopf.
»Vielleicht irren meine Gedanken sich ... darum ist es besser zu schweigen.«
»Aber dann werden wir es nie wissen!« rief Renisenb bestürzt.
»Vielleicht ...« Hori zögerte. »Vielleicht ist es das beste.«
»Nichts zu wissen?«
»Nichts zu wissen.«
Renisenb schauderte.
»Aber dann ... o Hori, ich fürchte mich!«

11

Erster Monat des Sommers – 11. Tag

Die letzten Zeremonien waren beendet, die Beschwörungen gesprochen. Montu, ein Priester des Hathortempels, ergriff den Besen und fegte sorgfältig die Kammer aus, indes er den Zauberspruch murmelte, um die Fußspuren aller bösen Geister zu entfernen, ehe die Tür für immer geschlossen wurde.
Dann wurde das Grab versiegelt, und alle Überreste von der Arbeit der Einbalsamierer – Töpfe und Tücher – wurden in eine kleine benachbarte Kammer gebracht, die man ebenfalls versiegelte.
Imhotep straffte die Schultern, holte tief Atem und entspannte seine Begräbnismiene. Alles war nach Vorschrift gelaufen. Er tauschte Höflichkeiten mit den Priestern aus, die nun auch wieder ein weltliches Gehaben annahmen.
Alle gingen zum Haus hinunter, wo ihrer Erfrischungen harrten. Die Männer blieben beisammen und sprachen miteinander.
Renisenb blickte auf die Klippe und die versiegelte Grabkammer zurück. Sie fühlte sich erleichtert, als wäre etwas, wovor sie sich gefürchtet hatte, doch nicht eingetroffen. Nun

war alles zu Ende, ohne daß in letzter Minute eine Anklage erhoben worden war.

»Alles zu Ende«, murmelte sie vor sich hin.

»Hoffentlich, Renisenb, hoffentlich«, sagte Henet leise neben ihr.

Renisenb drehte ihr den Kopf zu.

»Was meinst du damit? Hat mein Vater dich gefragt, was du über Nofrets Tod denkst?«

»Gewiß, zumal er wußte, daß ich mit meinen Gedanken nicht hinterm Berg halten würde.«

»Und was sagtest du zu ihm?«

»Nun, natürlich sagte ich, es sei ein Unfall gewesen. Du glaubst doch wohl nicht, sagte ich, daß einer deiner Familienangehörigen der Frau ein Leid angetan hätte? Das würde niemand wagen. Dazu haben alle viel zuviel Achtung vor dir. Sie murren vielleicht, sagte ich, aber das ist auch alles.« Henet nickte kichernd.

»Und mein Vater glaubte dir?«

Wieder nickte Henet recht befriedigt.

»Oh, deinem Vater ist klar, wie ergeben ich ihm bin. Er weiß meine Dienste zu schätzen. Ach, ich bin euch allen ergeben und erwarte keinen Dank dafür.«

»Du warst auch Nofret ergeben«, bemerkte Renisenb.

»Wie kommst du darauf, Renisenb? Ich hatte einem Befehl zu gehorchen.«

»Sie dachte, sie könne auf dich zählen.«

Abermals kicherte Henet.

»Nofret war weniger klug, als sie meinte. Eine stolze Frau, die glaubte, die Erde gehöre ihr. Nun, jetzt steht sie den Richtern in der Unterwelt gegenüber, und ihre Schönheit wird ihr dort nicht helfen. Jedenfalls haben wir nichts mehr mit ihr zu schaffen.« Sie berührte schnell eins der Amulette, die sie trug. »Ich hoffe es wenigstens.«

»Renisenb, ich möchte mit dir über Satipy sprechen.«

»Ja, Yahmose?«

Renisenb betrachtete voller Mitgefühl das freundliche, sorgenvolle Gesicht ihres Bruders.

Yahmose sagte bedeutsam: »Mit Satipy stimmt etwas nicht. Ich weiß nicht, was es ist. Beim geringsten Geräusch fährt sie zusammen und fängt an zu zittern. Sie ißt zu wenig. Sie schleicht herum, als hätte sie Angst vor ihrem eigenen Schatten. Ist dir diese Veränderung nicht auch aufgefallen, Renisenb?«
»Ja, sie ist uns allen aufgefallen.«
»Ich habe sie gefragt, ob sie krank ist, ob ich einen Arzt kommen lassen soll, aber sie sagt, sie sei vollkommen gesund. Nachts schläft sie jedoch nicht gut, sie schreit im Schlaf auf. Ob sie wohl irgendwelche Sorgen hat, von denen wir nichts wissen?«
Renisenb schüttelte den Kopf.
»Wie wäre das möglich? Den Kindern fehlt nichts. Nichts ist geschehen – nur Nofret ist gestorben, und um Nofret wird Satipy wohl kaum trauern.«
Yahmose lächelte schwach.
»Ganz im Gegenteil. Außerdem hat die Veränderung schon früher angefangen, vor Nofrets Tod, nicht wahr?«
»Ich weiß es nicht genau. Mir ist sie erst nachher aufgefallen. Krank ist Satipy nicht. Mir scheint, daß sie sich fürchtet.«
»Sich fürchtet?« wiederholte Yahmose mit großer Verwunderung. »Aber wovor denn? Satipy hat stets den Mut einer Löwin gehabt.«
»Ich weiß«, sagte Renisenb hilflos. »Das dachten wir immer, aber die Menschen ändern sich – es ist sonderbar.«
»Meinst du, daß Kait etwas weiß? Hat Satipy mit ihr gesprochen?«
»Sie würde wohl eher mit ihr als mit mir sprechen, aber ich glaube es nicht.«
»Was denkt Kait denn?«
»Kait? Kait denkt nie etwas.«
Kait hatte nichts weiter getan, überlegte Renisenb, sondern nur aus Satipys ungewöhnlicher Schwäche Vorteil gezogen und für sich und ihre Kinder die schönsten Stücke des neugewobenen Linnens errafft, was Satipy früher niemals zugelassen hätte.

»Hast du schon mit Esa gesprochen?« fragte Renisenb. »Unsere Großmutter versteht sich auf Frauen.«
»Esa sagte nur, ich solle froh sein über die Veränderung«, gab Yahmose leicht verärgert zurück.
Nach kurzem Zögern erkundigte sich Renisenb: »Und Henet?«
»Henet?« Yahmose runzelte die Stirn. »Nein, mit Henet würde ich über solche Dinge nicht sprechen. Die denkt nur an sich. Mein Vater hat sie verwöhnt.«
»Ja, schon. Aber Henet weiß immer sehr viel.«
Yahmose sagte langsam: »Würdest du sie fragen? Und mir dann mitteilen, was sie meint?«
»Gern, wenn du willst.«
Renisenb schob die Unterredung mit Henet auf, bis sie mit ihr allein war. Sie befanden sich auf dem Weg zum Webhaus. Zu ihrer Überraschung schien die Frage Henet in Verlegenheit zu bringen. Sie zeigte sich nicht wie sonst zungenfertig. Sie berührte ein Amulett, das sie trug, und spähte über die Schulter zurück.
»Das geht mich nichts an«, antwortete sie schließlich. »Wenn es Unannehmlichkeiten gibt, so möchte ich nichts damit zu schaffen haben.«
»Wieso Unannehmlichkeiten?«
Henet warf Renisenb einen Seitenblick zu.
»Uns braucht das jedenfalls nicht zu kümmern. Wir beide haben uns nichts vorzuwerfen. Das ist mir ein großer Trost.«
»Meinst du, daß Satipy . . .«
»Ich meine gar nichts, Renisenb. Ich bin wenig mehr als eine Dienerin in diesem Hause, und es ziemt mir nicht, meine Meinung über Dinge kundzutun, die mich nichts angehen. Wenn du mich fragst: Es ist eine Veränderung zum Guten, und dabei sollten wir es belassen. Jetzt muß ich aber gehen und achtgeben, daß das Datum im Linnen richtig eingezeichnet wird. So unachtsam sind diese Weiber . . .«
Irgendwie unbefriedigt sah Renisenb sie im Webhaus verschwinden. Langsam kehrte sie ins Haus zurück. Geräuschlos trat sie in Satipys Zimmer, und Satipy fuhr erschrocken herum, als Renisenb sie an der Schulter berührte.

»Oh, du hast mich erschreckt, ich dachte . . .«
»Satipy, was ist los mit dir? Willst du es mir nicht sagen? Yahmose sorgt sich um dich . . .«
Satipy stammelte mit großen, entsetzten Augen: »Yahmose? Was . . . was hat er gesagt?«
»Er macht sich Sorgen. Du hast im Schlaf aufgeschrien.«
Ihre Augen wurden noch größer, und sie packte Renisenb am Arm.
»Glaubt Yahmose . . . was hat er zu dir gesagt?«
»Wir glauben beide, daß du krank bist oder . . . oder unglücklich.«
»Unglücklich?« wiederholte Satipy. »Ja, vielleicht ist es das.«
»Nein, du hast Angst, nicht wahr?«
Satipy sah sie mit plötzlicher Feindseligkeit an.
»Wovor sollte ich denn Angst haben?«
»Ich weiß es nicht«, antwortete Renisenb. »Aber es stimmt, nicht wahr?«
Mühsam nahm Satipy ihre frühere hochmütige Haltung an. Sie warf den Kopf zurück.
»Ich habe vor niemandem und nichts Angst! Wie kannst du es wagen, so etwas von mir zu denken? Und ich will nicht, daß du mit Yahmose über mich redest. Yahmose und ich verstehen einander.« Sie machte eine Pause und sagte dann scharf: »Nofret ist tot – eine gute Lösung. So empfinde ich es. Und du kannst allen erzählen, daß ich es so empfinde.«
»Nofret?« Renisenb sprach den Namen fragend aus.
Satipy geriet in eine Erregung, die ihr früheres Wesen wieder weckte.
»Nofret – Nofret – Nofret! Ich mag den Namen nicht mehr hören! Wir brauchen ihn in diesem Hause nicht mehr zu hören, den Göttern sei Dank dafür.«
Ihre Stimme, die sich zu einem schrillen Kreischen erhoben hatte, erstarb plötzlich, als Yahmose eintrat. Er sagte mit ungewöhnlicher Strenge: »Sei still, Satipy. Wenn mein Vater dich hörte, gäbe es neue Unannehmlichkeiten. Wie kannst du dich so töricht benehmen?«
Auch Satipys demütiges Zusammenfallen war ungewöhn-

lich. Sie murmelte: »Entschuldige, Yahmose ... ich habe nicht überlegt.«
»Nun, sei in Zukunft vorsichtig! Ihr Weiber habt keinen Verstand.«
Yahmose ging hinaus; er hielt sich straffer als sonst, und seine Schritte wirkten entschlossener, als hätte es ihm gutgetan, einmal seine Überlegenheit zu zeigen.
Renisenb begab sich langsam in Esas Zimmer. Sie hoffte, sich bei ihrer Großmutter Rat holen zu können.
Esa aber, die mit Wohlbehagen Weintrauben verzehrte, wollte die Angelegenheit nicht ernst nehmen: »Satipy? Satipy? Warum dieses Aufheben um Satipy? Liebst du es, von ihr wie eine Sklavin behandelt zu werden, daß du solch ein Wesen davon machst, wenn sie sich ausnahmsweise einmal anständig benimmt?« Sie spuckte die Kerne aus und bemerkte: »Ich fürchte, es wird ohnehin nicht dabei bleiben, falls Yahmose nicht dafür sorgt.«
»Yahmose?«
»Ja, ich hatte gehofft, Yahmose wäre endlich zu Verstand gekommen und hätte Satipy tüchtig durchgeprügelt. Das braucht sie, und wahrscheinlich würde es ihr noch Freude machen. Yahmose mit seiner schlappen Art muß eine Prüfung für sie gewesen sein.«
»Yahmose ist lieb«, entgegnete Renisenb entrüstet. »Er ist freundlich zu allen und sanft wie eine Frau – wie Frauen sein sollten«, fügte sie zögernd hinzu.
»Nein, Frauen sind nicht sanft, und wenn sie es sind, möge Isis ihnen beistehen! Und es gibt wenige Frauen, die einen freundlichen, sanften Gatten zu schätzen wissen. Sie haben lieber einen heftigen Polterer wie Sobek oder einen hübschen, jungen Mann wie Kameni – he, Renisenb? Kameni singt sehr schöne Liebeslieder, nicht wahr, Renisenb?«
Renisenb spürte, daß sie errötete.
»Ich weiß nicht, was du meinst«, gab sie würdevoll zurück.
»Ihr glaubt alle, die alte Esa wisse nicht, was vor sich geht! Ich weiß recht gut Bescheid.« Sie blickte Renisenb mit ihren halbblinden Augen an. »Ich weiß vielleicht vor dir Bescheid, Kind. Ärgere dich nicht. So ist das Leben, Renisenb. Khay

war dir ein guter Gatte, aber er steuert sein Boot jetzt über die Felder der Opfer. Allerdings wissen wir von Kameni nicht viel – er stammt aus dem Norden. Imhotep schätzt ihn, aber ich habe Imhotep immer für einen Dummkopf gehalten. Er läßt sich durch Schmeicheleien allzuleicht beeinflussen. Wegen eines schönen Mädchens sich zum Narren zu machen und tatenlos zuzusehen, wie sie das ganze Haus durcheinanderbringt – ich mußte lachen, das kannst du mir glauben! In gewisser Weise gefiel sie mir, offen gestanden. Sie hatte den Teufel in sich und ließ alle zu dem werden, was sie wirklich sind. Aber warum hat sie dich eigentlich gehaßt, Renisenb?«

»Hat sie mich denn gehaßt?« gab Renisenb erstaunt zurück. »Ich . . . ich bot ihr einmal meine Freundschaft an.«

»Und sie wollte nichts davon wissen? Sie hat dich wirklich gehaßt, Renisenb.« Esa machte eine Pause und fragte dann scharf. »Ob es wohl wegen Kameni war?«

Wieder errötete Renisenb.

»Wegen Kameni? Ich weiß nicht, was du meinst.«

Esa sagte nachdenklich: »Sie und Kameni kamen beide aus dem Norden, aber Kameni hat dir nachgeblickt, wenn du über den Hof gegangen bist.«

»Ich muß nach Teti schauen«, erklärte Renisenb brüsk und stand auf.

Mit heißen Wangen lief sie über den Hof auf den See zu.

Vom Vorplatz her rief Kameni ihr zu. »Ich habe ein neues Lied gemacht, Renisenb. Bleib und hör es an.«

Sie schüttelte den Kopf und eilte weiter. Ihr Herz klopfte zornig. Kameni und Nofret . . . Kameni und Nofret . . . Warum flößte die alte Esa mit ihrer Boshaftigkeit ihr solche Gedanken ein?

Von weitem drang Kamenis wohllautende Stimme zu ihr herüber: »Ich will sagen zu Ptah: Gib mir mein Weib heute nacht . . .«

»Renisenb!«

Zweimal mußte Hori rufen, bis sie ihn hörte und sich von der Betrachtung des Nils abwandte.

»Renisenb, woran hast du gedacht?«
Renisenb antwortete trotzig: »Ich dachte an Khay.«
Hori sah sie lächelnd an.
»Ich verstehe. Was hast du? Warum bist du so erregt? Hat jemand dich geärgert?«
»Ja, Esa. Sag mir, Hori, kannten Kameni und Nofret sich gut, bevor sie hierherkamen?«
Hori stand eine Weile ganz still. Dann sagte er, während er neben Renisenb zum Haus zurückging: »Ach so. Das ist es also ...«
»Was meinst du damit? Ich habe dich nur etwas gefragt.«
»Worauf ich keine Antwort weiß. Nofret und Kameni kannten sich – wie gut, das weiß ich nicht. Aber das spielt doch eigentlich keine Rolle, nicht wahr? Nofret ist tot und begraben, und Kameni scheint nicht um sie zu trauern.«
»Das stimmt«, sagte Renisenb, die daran gar nicht gedacht hatte. Impulsiv wandte sie sich ihm zu.
»O Hori, wie du zu trösten verstehst!«
Er lächelte.
»Der kleinen Renisenb setzte ich den Löwen instand. Jetzt ... hat sie anderes Spielzeug.«
»Können wir nicht zum Grab hinaufgehen?« schlug Renisenb vor, ehe sie das Haus erreichten. »Ich möchte nicht zu den anderen. Oben ist es so schön, man ist dort über allem.«
»So empfinde ich es auch. Man blickt über alles hinweg, über alles Kleine und Unbedeutende.«
»Schau, Hori!« Renisenb deutete zur Klippe hinauf. »Yahmose und Satipy waren oben beim Grab. Sie kommen herunter.«
»Es mußten dort einige Sachen fortgeräumt werden, einige Linnenballen, die die Einbalsamierer nicht gebraucht haben«, erklärte Hori. »Yahmose wollte Satipy mit hinaufnehmen und sie um Rat fragen, was damit geschehen soll.«
Während Renisenb hinaufsah, fiel ihr ein, daß die beiden, die da herunterkamen, sich der Stelle näherten, wo Nofret abgestürzt sein mußte. Satipy schritt voran, Yahmose etwas hinter ihr.

Plötzlich drehte Satipy den Kopf herum, um mit Yahmose zu sprechen.
Und dann blieb Satipy jählings stehen, als wäre sie versteinert, und starrte zurück. Ihre Arme fuhren empor, wie um einen Schlag abzuwehren. Sie rief etwas, stolperte, taumelte, und dann, als Yahmose auf sie zusprang, stieß sie einen Schrei des Entsetzens aus und stürzte kopfüber auf die Felsen hinunter.
Renisenb, die die Hand an die Kehle gepreßt hielt, sah den Fall ungläubig.
Satipy lag, eine verkrümmte Masse, genau an der Stelle, wo die tote Nofret gelegen hatte.
Renisenb riß sich zusammen und begann zu laufen. Yahmose kam rufend den Pfad heruntergerannt.
Renisenb erreichte ihre Schwägerin und beugte sich über sie. Satipys Augen standen weit offen, die Lider zitterten. Ihre Lippen bewegten sich, versuchten Worte zu bilden. Renisenb bückte sich tiefer zu ihr nieder. Das gläserne Entsetzen in Satipys Augen ängstigte sie.
Dann erklang die Stimme der Sterbenden. Es war nur ein heiseres Krächzen.
»Nofret . . .«
Satipys Kopf sank zurück. Die Kinnlade fiel herab.
Hori war Yahmose entgegengegangen. Die beiden Männer kamen miteinander herbei. Renisenb wandte sich an ihren Bruder: »Was hat sie gerufen, bevor sie abstürzte?«
Yahmose atmete stoßweise, er vermochte kaum zu sprechen.
»Sie blickte an mir vorbei, als ob sie hinter mir jemanden kommen sähe, aber es war niemand auf dem Weg.«
Hori bestätigte: »Es war niemand da.«
Yahmoses Stimme senkte sich zu einem schreckendurchbebten Flüstern: »Und dann sagte sie . . .«
»Was sagte sie?« forschte Renisenb ungeduldig.
»Sie sagte . . . sie sagte . . .« Seine Stimme zitterte: »Nofret . . .«

12

Erster Monat des Sommers – 12. Tag

»Das glaubst du also?«
Renisenb warf Hori die Worte mehr als Feststellung den als Frage zu. Leise fügte sie mit wachsendem Entsetzen hinzu: »Satipy hat Nofret umgebracht . . .«
Sie saß im Eingang zu Horis kleiner Felsenkammer neben dem Grab, stützte das Kinn in die Hände und blickte ins Tal hinab.
»Wie dumm von mir«, sagte sie nach einer Weile, da Hori ihr nicht antwortete. »Ich hätte mir ja denken können, daß Satipy Nofret gefolgt ist, daß sie sich auf dem Pfad getroffen haben und daß Satipy sie hinuntergestoßen hat. Sie hatte ja erst kurz zuvor selber gesagt, daß sie mehr Mann sei als meine Brüder.«
Renisenb brach ab und schauderte.
»Und ich, als ich sie traf«, sprach sie dann weiter, »da hätte ich es mir eigentlich denken können. Sie war ganz verwandelt – sie hatte Angst. Sie versuchte mich zu überreden, mit ihr umzukehren. Sie wollte nicht, daß ich Nofrets Leiche finde. Ich muß blind gewesen sein, daß ich die Wahrheit nicht gleich erkannt habe. Aber ich zitterte so um Sobek . . .«
»Ja, weil du gesehen hast, wie er die Schlange tötete.«
»Der arme Sobek, wie habe ich ihm unrecht getan. Du sagtest ja, reden ist nicht dasselbe wie handeln. Sobek hat immer geprahlt und sich gebrüstet. Satipy aber war die Kühne und Ruchlose, die vor Taten nicht zurückschreckte. Und wie sie dann gleich einem Geist herumging . . . Wir haben uns alle darüber gewundert . . . warum fanden wir nicht die richtige Erklärung?« Sie sah schnell auf. »Aber du hattest sie gefunden, nicht wahr?«
»Seit einiger Zeit, ja«, antwortete Hori. »Ich war überzeugt, daß die Wahrheit über Nofrets Tod mit Satipys Veränderung zusammenhing. Die Veränderung war so auffallend, daß sie eine einschneidende Ursache haben mußte.«
»Und doch hast du nichts gesagt?«

»Was hätte ich beweisen können, Renisenb?«
»Das stimmt. Aber einmal sagtest du zu mir, daß die Menschen sich in Wirklichkeit nicht verändern. Doch jetzt gibst du zu, daß Satipy verändert war.«
Hori lächelte.
»Du bist spitzfindig wie eine Rechtsgelehrte, Renisenb. Was ich sagte, ist gleichwohl wahr – die Menschen bleiben sich immer gleich. Satipy war wie Sobek kühn in Worten. Sie mag wirklich von Worten zur Tat geschritten sein, aber ich glaube, sie gehört zu jenen, die erst wissen, wie etwas ist, wenn es geschieht. Bis zu jenem besonderen Tag hat sie niemals die Furcht erlebt. Als die Furcht kam, war sie unvorbereitet. Da erkannte sie, daß Mut darin besteht, dem Unvorhergesehenen entgegenzutreten – und diesen Mut hatte sie nicht.«
Renisenb murmelte leise: »Als die Furcht kam ... Ja, so war es seit Nofrets Tod. Satipy stand die Furcht ins Gesicht geschrieben. Die Angst starrte aus ihren Augen, als sie starb und ›Nofret‹ hauchte. Es war, als hätte sie etwas gesehen. Wir sahen nichts auf dem Pfad. Es war nichts dort.«
»Für uns nicht.«
»Aber für sie? Sie sah Nofret, die Rache nehmen wollte ... Nofret ist jedoch tot und in ihrem Grab versiegelt. Was hat sie also gesehen?«
»Das Bild, das ihr eigener Geist ihr gemalt hat.«
»Hori ...« Renisenb streckte hilfesuchend die Hand aus. »Ist es nun zu Ende? Nachdem Satipy tot ist ...«
Tröstend hielt er ihre Hand.
»Ja, ja, Renisenb, gewiß. Du jedenfalls brauchst dich nicht zu fürchten.«
»Aber Esa sagt, daß Nofret mich gehaßt hat ...«
»Nofret haßte leicht. Manchmal glaube ich, daß sie alle Menschen hier gehaßt hat. Aber du hast ihr ja nichts zuleide getan. Und darum ist nichts in deinem Geist, das sich als Richter gegen dich erhebt.«
»Ich würde also, meinst du, nichts sehen, wenn ich bei Sonnenuntergang allein den Pfad hinunterginge und mich umdrehte? Ich wäre ganz sicher?«

»Du wirst sicher sein, Renisenb, weil ich mit dir gehe.«
Renisenb schüttelte den Kpopf.
»Nein, Hori, ich will allein gehen.«
»Warum denn, kleine Renisenb? Wirst du dich nicht fürchten?«
»Doch, ich glaube wohl«, antwortete sie. »Trotzdem muß ich es tun. Alle zittern und beben im Haus und laufen zu den Tempeln, um Amulette zu kaufen, und sagen, es sei nicht gut, zur Zeit des Sonnenuntergangs diesen Pfad zu beschreiten. Aber es war keine Magie, die Satipy straucheln und hinunterstürzen ließ; es war die Angst vor dem Bösen, das sie getan hatte. Ich hingegen habe nichts Böses getan, und wenn Nofret mich auch gehaßt hat, so kann ihr Haß mir doch nicht schaden. Das glaube ich. Und da es besser ist zu sterben, als dauernd in Furcht zu leben, will ich die Furcht überwinden.«
Lächelnd stand sie auf.
Hori erhob sich ebenfalls.
»Deine Worte zeigen den Mut, den ich immer bei dir gespürt habe. Schau, Renisenb, dies ist Ägypten, unsere Heimat, die der Krieg für lange Jahre in kleine Königreiche zerstückelt hat. Aber bald wird es ein geeintes Land sein . . . Ober- und Unterägypten in ein Reich verschmolzen, das seine frühere Größe erlangt, wie ich hoffe und glaube! Dann wird Ägypten tapfere Männer und Frauen brauchen – Frauen wie dich, Renisenb, nicht Männer wie Imhotep, die stets mit ihren eigenen kleinen Gewinnen und Verlusten beschäftigt sind, auch nicht faule und prahlerische Männer wie Sobek oder Jünglinge wie Ipy, die nur daran denken, was sie für sich selbst ergattern können, nein, auch keine gewissenhaften, braven Söhne wie Yahmose. Verstehst du, was ich meine, Renisenb?«
»Ich glaube, ein wenig. Du bist anders als die Menschen dort unten, das weiß ich seit einiger Zeit. Wenn ich hier oben bin, dann scheinen mir die Dinge dort unten«, sie wies hinab, »keine Bedeutung mehr zu haben. All die Zwiste, der Haß und das unaufhörliche Getriebe. Hier ist man fern von all dem. Manchmal bin ich froh, hierher flüchten zu können.

Und doch ... ich weiß nicht ... da unten ist etwas, das mich zurückruft.«
Hori ließ ihre Hand los und trat einen Schritt zurück. Dann sagte er freundlich: »Ja, ich verstehe – Kameni, der im Hof singt.«
»Ich dachte nicht an Kameni.«
»Du hast vielleicht nicht an ihn gedacht. Aber trotzdem glaube ich, Renisenb, daß du seine Lieder hörst, ohne es zu wissen.«
Sie sah ihn mit gerunzelten Brauen an.
»Was für sonderbare Dinge du sagst, Hori. Hier oben kann man ihn doch gar nicht singen hören. Er ist viel zu weit entfernt.«
Hori seufzte leise und schüttelte den Kopf.
Die Belustigung, die sich in seinen Augen spiegelte, verwirrte sie. Sie war ein wenig ärgerlich, weil sie nicht verstand, was er meinte.

13

Erster Monat des Sommers – 23. Tag

»Kann ich mit dir sprechen, Esa?«
Esa blickte zum Eingang des Zimmers hinüber, wo Henet mit einschmeichelndem Lächeln stand.
»Was gibt's?« fragte die Alte scharf.
»Nichts Besonderes, aber ich hielt es für besser ...«
Esa unterbrach sie kurz angebunden: »Komm herein. Und du ...«, sie klopfte der kleinen schwarzen Sklavin, die Perlen aufreihte, mit ihrem Stock auf die Schulter, »geh in die Küche. Hol mir ein paar Oliven, und mach mir Granatapfelsaft.«
Das Mädchen eilte davon, und Esa winkte Henet ungeduldig herbei.
»Es ist nur dies, Esa.«
Esa betrachtete den Gegenstand, den Henet ihr hinhielt. Es

war ein Schmuckkästchen mit Schiebedeckel, auf dem zwei Knöpfe befestigt waren.
»Was ist damit?«
»Es gehörte Nofret, und ich habe es jetzt gefunden – in ihrem Zimmer.«
»Und?«
»All ihre Juwelen, ihre Salbendosen und Parfümkrüge, alle Dinge sind mit ihr begraben worden.«
Esa band die Schnur von den Knöpfen los und schob den Deckel zurück. Das Kästchen enthielt eine Kette aus kleinen Karneolperlen und die Hälfte eines grünglasierten Amuletts.
»Es ist wohl übersehen worden«, meinte Esa.
»Die Einbalsamierer haben alles fortgenommen.«
»Einbalsamierer sind nicht zuverlässiger als andere Menschen.«
»Ich sage dir, Esa, dies war nicht im Zimmer, als ich das letzte Mal hineinschaute.«
Esa schaute Henet scharf an.
»Worauf willst du hinaus? Daß Nofret aus der Unterwelt zurückgekehrt ist und sich hier im Hause aufhält? Du bist nicht so dumm, wie du dich manchmal stellst, Henet. Was hast du davon, wenn du solch törichte Zaubergeschichten verbreitest?«
Henet schüttelte nachdrücklich den Kopf.
»Wir wissen alle, was Satipy widerfahren ist – und warum!«
»Vielleicht wußten es einige von uns sogar schon früher. Wie, Henet? Ich hatte immer das Gefühl, daß du mehr über Nofrets Tod weißt als wir übrigen.«
»O Esa, du glaubst doch wohl nicht . . .«
»Was soll ich nicht glauben?« fiel Esa ein. »Ich habe Satipy in den beiden letzten Monaten zu Tode erschrocken im Hause herumschleichen sehen, und gestern ist mir eingefallen, daß jemand sie mit seinem Wissen in Angst gehalten haben könnte – ihr vielleicht gedroht hat, Yahmose oder gar Imhotep alles zu verraten . . .«
Henet widersprach in schrillem Ton.

Esa schloß die Augen und lehnte sich zurück.
»Ich bin überzeugt, daß du es niemals zugeben würdest.«
»Warum hätte ich das überhaupt tun sollen?«
»Keine Ahnung«, antwortete Esa. »Du tust viele Dinge, Henet, die ich nicht im geringsten erklären kann.«
»Du glaubst wohl, ich hätte versucht, mir mein Schweigen bezahlen zu lassen. Ich schwöre bei den neun Göttern . . .«
»Bemüh die Götter nicht. Du bist ehrlich genug, Henet, soweit die Ehrlichkeit geht. Und vielleicht wußtest du nichts von Nofrets Todesursache. Aber du weißt die meisten Dinge, die sich in diesem Hause ereignen. Und wenn ich schwören müßte, so würde ich schwören, daß du dieses Kästchen selber in Nofrets Zimmer gebracht hast – warum, das ahne ich allerdings nicht. Aber irgendein Grund steckt dahinter. Du kannst Imhotep täuschen, mich täuschst du nicht.«
»Ich will Imhotep das Kästchen bringen und ihm sagen . . .«
»Ich werde es ihm selber geben. Scher dich fort, Henet, und verbreite keine dummen abergläubischen Geschichten. Ohne Satipy herrscht mehr Friede im Haus. Die tote Nofret hat uns mehr Gutes gebracht als die lebende. Doch nachdem nun die Schuld getilgt ist, soll jeder zu seinem Tagewerk zurückkehren.«

»Was soll das alles?« rief Imhotep, der einige Minuten später aufgeregt in Esas Zimmer kam. »Henet ist zutiefst bestürzt. Tränenüberströmt erschien sie bei mir. Warum kann niemand im Hause dieser treuergebenen Frau die gewöhnlichste Freundlichkeit zeigen!«
Ungerührt lachte Esa.
»Du hast sie beschuldigt, ein Schmuckkästchen gestohlen zu haben.«
»Behauptet sie das? Ich tat nichts dergleichen. Hier ist das Kästchen. Sie hat es in Nofrets Zimmer gefunden.«
Imhotep nahm das Kästchen entgegen.
»Ja, das habe ich ihr geschenkt.« Er öffnete es. »Hm, nicht viel drin. Sehr nachlässig von den Einbalsamierern, daß sie es nicht mit ihren übrigen persönlichen Besitztümern begra-

ben haben. Wenn ich ihre Löhne bedenke, so hätte man mehr Sorgfalt erwarten dürfen. Nun, all dies dünkt mich ein unnötiges Aufheben.«

»Durchaus.«

»Ich werde das Kästchen Kait schenken – nein, Renisenb. Sie hat sich Nofret gegenüber immer höflich betragen.« Er seufzte. »Es ist unmöglich, in Frieden zu leben. Diese Weiber ... endlose Tränen und Streitigkeiten.«

»Nun, jetzt ist zumindest eine Frau weniger da!«

»Ja, wirklich. Der arme Yahmose! Trotzdem ist es wohl besser so. Satipy hat gesunde Kinder geboren, aber in vieler Hinsicht war sie ein sehr unbefriedigendes Weib. Gewiß, Yahmose hat ihr zu sehr nachgegeben. Nun ja, all das ist jetzt vorbei. Ich muß sagen, über Yahmoses Verhalten habe ich mich in letzter Zeit recht gefreut. Seine Schüchternheit hat sich gegeben, und er hat mehrmals ausgezeichnete Urteilskraft bewiesen.«

»Er war immer ein guter, folgsamer Sohn.«

»Ja, ja, aber er war langsam und scheute sich vor Verantwortung.«

Esa entgegnete trocken: »Du hast ihm nie erlaubt, eine Verantwortung zu übernehmen.«

»Nun, all das wird jetzt anders werden. Ich will einen Teilhabervertrag aufsetzen. In wenigen Tagen soll er unterzeichnet werden. Meine drei Söhne sollen alle Teilhaber werden.«

»Ipy doch wohl nicht?«

»Er wäre gekränkt, wenn ich ihn überginge. Ein so lieber, warmherziger Junge ...«

»Er ist gewiß nicht langsam«, warf Esa ein.

»Du sagst es. Auch Sobek hat sich neuerdings vorteilhaft geändert. Er vertut nicht mehr die Zeit, und er fügt sich meinem und Yahmoses Wort.«

»Ich glaube, daß du richtig handelst, Imhotep. Es war verkehrt, die Söhne nicht zufriedenzustellen. Aber ich denke doch, daß Ipy noch zu jung ist, um Teilhaber zu werden. Es ist lächerlich, einem Knaben in diesem Alter eine so wichtige Position zu geben. Wie willst du dann Macht über ihn haben?«

»Damit hast du sicher nicht unrecht«, sagte Imhotep nachdenklich. Dann stand er auf. »Ich muß gehen. Es gibt tausend Dinge zu tun. Die Einbalsamierer sind gekommen. Diese Todesfälle sind kostspielig, sehr kostspielig.«
»Hoffen wir, daß dies der letzte ist«, tröstete Esa. »Bis meine Zeit kommt.«
»Du wirst hoffentlich noch viele Jahre leben, meine liebe Mutter.«
»Ich bin überzeugt, daß du das hoffst«, sagte Esa lächelnd. »Keine Sparsamkeit bei mir, bitte! Ich möchte für die andere Welt gut ausgestattet sein. Viele Speisen und Getränke und viele Sklavenpuppen, ein reichverziertes Spielbrett, Parfümöle und Schminke, und ich bestehe auf den teuersten Deckelkrügen, auf denen aus Alabaster.«
»Ja, ja, natürlich.« Unruhig trat Imhotep von einem Fuß auf den anderen. »Selbstverständlich wird dir alle Achtung erwiesen werden, wenn der traurige Tag kommt. Ich muß gestehen, daß ich Satipy gegenüber anders empfinde. Man wünscht keinen Skandal, aber unter diesen Umständen . . .«
Er beendete den Satz nicht, sondern eilte von dannen.
Esa lächelte spöttisch vor sich hin, als ihr klar wurde, daß Imhotep mit keinem Wort mehr jemals andeuten würde, sein geschätztes Weib sei vielleicht keinem Unfall zum Opfer gefallen.

14

Erster Monat des Sommers – 25. Tag

Als die Mitglieder nach der Unterzeichnung des Teilhabervertrags vom Hof des Monarchen zurückkehrten, wurde allenthalben ein fröhlicher Geist spürbar. Die einzige Ausnahme bildete Ipy, der im letzten Augenblick wegen seines jugendlichen Alters von der Teilhaberschaft ausgeschlossen worden war. Infolgedessen war er in finsterer Stimmung und hielt sich bewußt abseits.

Imhotep ließ Wein auf den Vorplatz bringen, schlug Yahmose auf die Schulter und rief munter: »Trink, mein Sohn! Vergiß einmal deine Trauer. Laß uns nur an die kommenden guten Tage denken!«
Imhotep, Yahmose, Sobek und Hori leerten den Becher auf diesen Trinkspruch. Dann wurde ihnen die Nachricht gebracht, ein Ochse sei gestohlen worden, und alle vier Männer eilten davon, um die Angelegenheit zu untersuchen.
Als Yahmose eine Stunde später zurückkehrte, war er müde und erhitzt. Er ging zu dem Weinkrug, der immer noch dort stand. Er tauchte einen Bronzebecher hinein, ließ sich auf dem Vorplatz nieder und trank langsam den Wein.
Etwas später kam Sobek herbei und rief: »Ha, noch etwas Wein! Wir wollen auf unsere Zukunft trinken, die nun gesichert ist. Für uns ist wirklich ein freudiger Tag, Yahmose!«
»Ja, wirklich«, stimmte Yahmose zu. »Jedenfalls haben wir jetzt ein leichteres Leben.«
»Du bist immer so bescheiden, Yahmose.« Sobek lachte, während er sprach, tauchte einen Becher in den Wein, trank ihn in einem Zug aus und schnalzte mit der Zunge, indes er den Becher niedersetzte. »Jetzt wollen wir sehen, ob mein Vater immer noch ein solcher Hemmschuh ist, oder ob ich ihn zu neueren Methoden bekehren kann.«
»Ich würde an deiner Stelle langsam vorgehen«, rief Yahmose. »Du bist leicht zu hitzköpfig.«
Sobek lächelte seinem Bruder liebevoll zu. Er war in glänzender Stimmung.
»Alter Leisetreter«, neckte er.
Yahmose lächelte zurück.
»Das ist zum Schluß das beste Verfahren. Außerdem war unser Vater sehr gut zu uns. Wir dürfen ihn nicht ärgern.«
Sobek sah ihn neugierig an.
»Du hast unsern Vater wirklich gern? Du bist ein zartfühlendes Geschöpf, Yahmose! Ich schere mich um niemand, um niemand, außer um Sobek – er möge lange leben!«
Abermals leerte er einen Becher.

»Sei vorsichtig«, warnte Yahmose. »Du hast heute wenig gegessen. Wenn man den Wein trinkt ...« Er brach ab, sein Mund verzerrte sich plötzlich.
»Was hast du, Yahmose?«
»Nichts weiter ... ein plötzlicher Schmerz ... es ist nichts ...«
Aber Yahmose hob die Hand, um sich die Stirn abzuwischen, auf der mit einem Mal Schweiß ausgebrochen war.
»Du siehst schlecht aus.«
»Ich habe mich eben noch sehr gut gefühlt.«
»Solange niemand den Wein vergiftet hat ...«
Sobek lachte über seine eigenen Worte und streckte den Arm aus, um nach dem Krug zu greifen. Doch jählings versteifte sich der Arm, und sein Körper knickte zusammen.
»Yahmose«, stieß er hervor, »ich auch ...«
Yahmose stürzte mit einem halb erstickten Schrei zu Boden.
Sobek krümmte sich vor Schmerzen: »Hilfe! Holt einen Arzt ... einen Arzt!«
Henet kam aus dem Haus gerannt.
»Was ist geschehen?«
Ihre aufgeregten Rufe ließen andere herbeieilen.
Die beiden Brüder stöhnten vor Schmerzen.
Yahmose sagte matt: »Der Wein ... vergiftet ... Holt einen Arzt ...«
Henet schrie schrill: »Noch ein Unglück! Dieses Haus ist verflucht! Schnell! Lauft zum Tempel und holt den heiligen Vater Mersu, der ein erfahrener, geschickter Arzt ist!«

Imhotep schritt in der Haupthalle auf und ab. Sein schönes Linnengewand war schmutzig und zerknittert; er hatte sich weder gebadet noch umgezogen. Auf seinem Antlitz malten sich Sorge und Angst.
Aus dem Hintergrund des Hauses erklangen Jammern und Weinen; die Weiber, von Henet geführt, beklagten das neuerliche Unglück. Aus einem Zimmer hörte man die Stimme des Priesterarztes Mersu, der den reglosen Körper Yahmoses betastete und dabei betete.

Renisenb, die sich aus dem Frauenquartier gestohlen hatte, wurde von dem Gemurmel des Arztes angezogen. Sie lauschte ihm andachtsvoll.

Plötzlich entrang sich Yahmoses Lippen ein schwacher Seufzer.

Im stillen begann Renisenb ebenfalls zu beten: »O Isis, rette meinen Bruder Yahmose . . . O Isis, laß Yahmose nicht auch noch sterben, rette ihn vor Nofrets rächendem Haß! Er hat ihr nichts getan, er ist für die Tat seines Weibes nicht verantwortlich . . .«

Imhotep, der immer noch zerstreut auf und ab ging, blickte auf und sah seine Tochter.

»Komm zu mir, Renisenb, mein liebes Kind.«

Sie eilte zu ihm, und er legte ihr den Arm um die Schultern.

»O Vater, was sagt man?«

Imhotep antwortete traurig: »Es heißt, daß für Yahmose Hoffnung besteht. Sobek . . . du weißt es wohl schon?«

»Ja, ja. Hast du uns nicht klagen gehört?«

»Er starb bei Sonnenuntergang. Sobek, mein starker, schöner Sohn . . .« Seine Stimme brach.

»War denn nichts mehr zu machen?«

»Man hat alles versucht. Ein Arzneitrank ließ ihn erbrechen. Kräftige Kräutersäfte wurden ihm eingeflößt. Heilige Amulette wurden ihm aufgelegt, und alle Beschwörungsgebete wurden gesprochen. Alles war vergebens. Mersu ist ein geschickter Arzt. Wenn er meinen Sohn nicht retten konnte, dann war es der Wille der Götter, daß er nicht gerettet werden sollte.«

Die Stimme des Priesterarztes erhob sich zu einem letzten Gesang. Dann kam Mersu aus dem Zimmer; er wischte sich den Schweiß von der Stirn.

»Nun?« forschte Imhotep begierig.

Der Arzt sagte ernst: »Durch die Gnade Isis' wird dein Sohn am Leben bleiben. Er ist noch geschwächt, aber die Krise ist überstanden, das Gift wirkt nicht mehr, der böse Einfluß ist überwunden. Glücklicherweise hat Yahmose von dem vergifteten Wein mäßiger getrunken. Dein Sohn Sobek scheint den Becher in einem Zug geleert zu haben, vielleicht sogar mehrere Becher.«

Imhotep stöhnte.

»Da siehst du den Unterschied zwischen den beiden. Yahmose ist stets vorsichtig und enthaltsam. Der Wein war also wirklich vergiftet?«

»Daran besteht kein Zweifel, Imhotep. Meine jungen Gehilfen haben die Probe gemacht – die Tiere, denen der Rest eingeflößt wurde, sind alle mehr oder weniger schnell gestorben.«

»Aber ich habe keine schlimme Wirkung gespürt, obwohl ich kaum eine Stunde früher von demselben Wein getrunken habe.«

»Das Gift ist zweifellos später hinzugefügt worden.«

Imhotep schlug sich mit der Faust auf die andere Handfläche.

»Kein lebender Mensch würde es wagen, meine Söhne unter meinem Dach zu vergiften! Das ist unmöglich. Kein lebender Mensch, sage ich!«

Mersu beugte leicht das Haupt. Sein Gesichtsausdruck war unergründlich.

»Das vermagst du am besten zu beurteilen.«

Imhotep schien zu überlegen. Dann sagte er unvermittelt: »Es geht ein Gerede, das du hören sollst.« Er befahl einem Diener: »Bring den Viehhirten her.«

Er wandte sich wieder an Mersu: »Es ist ein Junge, der nicht viel Verstand hat. Er erfaßt nicht leicht, was zu ihm gesagt wird, und er ist nicht im Vollbesitz seiner Kräfte. Gleichwohl hat er Augen, recht gute Augen, und er ist meinem Sohn Yahmose sehr ergeben, der immer gütig zu ihm war und auf seine geistige Schwäche Rücksicht genommen hat.«

Der Diener kehrte zurück, er zog einen dünnen, fast schwarzhäutigen, nur mit einem Lendentuch bekleideten Jungen hinter sich her, der ängstlich um sich blickte.

»Sprich«, sagte Imhotep scharf. »Wiederhole, was du mir vorhin berichtet hast.«

Der Junge ließ den Kopf hängen und fingerte an seinem Lendentuch herum.

»Sprich!« brüllte Imhotep.
Esa kam an ihrem Stock herbeigehumpelt; ihre kurzsichtigen Augen blinzelten.
»Du erschreckst das Kind. Hier Renisenb, gib ihm diese Jujube. So, mein Junge, nun erzähle, was du gesehen hast.«
Der Knabe blickte von einem zum anderen.
Esa half ihm: »Was hast du gestern gesehen, als du an der Hoftür vorbeikamst?«
Der Knabe schüttelte den Kopf und murmelte: »Wo ist mein Herr Yahmose?«
Der Priester sprach freundlich und würdevoll: »Es ist der Wunsch deines Herrn Yahmose, daß du uns alles erzählst.«
Das Gesicht des Jungen erhellte sich. »Mein Herr Yahmose war gut zu mir. Ich will seinem Wunsche folgen.« Dann kamen die Worte rasch von seinen Lippen, während er um sich blickte, als fürchtete er, von einem Unsichtbaren gehört zu werden: »Ich suchte den kleinen Esel, der immer Unheil anrichtet, und kam an dem großen Hoftor vorbei, und ich schaute durchs Tor auf das Haus. Auf dem Vorplatz war niemand, aber ich sah einen Weinständer. Und da trat eine Frau aus dem Haus. Sie ging zu dem Weinkrug und hielt ihre Hand darüber, und dann ... dann ... ging sie wieder ins Haus, glaube ich ... ich weiß es nicht. Denn ich hörte Schritte, drehte mich um und sah in der Ferne meinen Herrn Yahmose vom Felde zurückkehren. Da suchte ich weiter nach dem kleinen Esel, und mein Herr Yahmose ging in den Hof.«
»Wer war diese Frau, die ihre Hand über den Weinkrug gehalten hat?« fragte der Priester.
Mit ausdrucksloser Miene schüttelte der Junge den Kopf.
»Ich weiß es nicht. Es muß eine der Frauen vom Haus gewesen sein. Ich kenne die Frauen nicht. Ich hüte weit draußen die Herde. Sie trug ein Gewand aus gefärbtem Linnen.«
»Vielleicht eine Dienerin?« meinte der Priester.
Sehr entschieden schüttelte der Knabe den Kopf.
»Es war keine Dienerin; denn sie trug eine Perücke und Schmuck.«

»Was für Schmuck?« forschte Imhotep.
Der Knabe erwiderte eifrig, als ob er seine Furcht überwunden hätte und seiner Sache sicher wäre: »Eine dreireihige Perlenkette, an der goldene Löwen hingen.«
Esas Stock fiel zu Boden. Imhotep stieß einen erstickten Schrei aus.
Mersu sagte drohend: »Du lügst, Junge!«
Die Stimme des Knaben erhob sich schrill und klar: »Ich schwöre, es ist die Wahrheit!«
Aus dem Zimmer, in dem der Kranke lag, rief Yahmose: »Was ist los?«
Der Junge stürzte durch die geöffnete Tür und kauerte vor Yahmoses Lager nieder.
»Herr, sie wollen mich quälen!«
»Nein, nein.« Mühsam wandte Yahmose das Haupt auf der gebogenen hölzernen Kopfstütze. »Tut dem Kind nichts. Es ist einfältig, aber ehrlich. Versprecht mir, ihm nichts zu tun.«
»Natürlich, natürlich«, beschwichtigte Imhotep ihn. »Es ist klar, daß der Junge alles gesagt hat, was er weiß, und ich glaube nicht, daß er etwas erfindet. Geh, Knabe, aber bleib in der Nähe des Hauses, so daß wir dich rufen können, wenn wir dich brauchen.«
Mit einem zufriedenen Lächeln entfernte sich der Junge.
Der Priester untersuchte Yahmoses Augen und fühlte ihm den Puls. Dann riet er ihm zu schlafen und ging mit den andern wieder in die Haupthalle.
Er sagte zu Imhotep: »Es ist dir bekannt, was der Knabe beschrieben hat?«
Imhotep nickte. Seine bronzefarbenen Wangen waren gerötet.
Renisenb sagte: »Nur Nofret trug jemals ein Gewand aus gefärbtem Linnen. Sie hat diese neue Mode aus den Städten des Nordens mitgebracht. Aber ihre Kleider wurden mit ihr begraben.«
»Und die dreireihige Perlenkette mit den goldenen Löwen war ein Geschenk von mir«, erklärte Imhotep. »Niemand sonst besitzt einen solchen Schmuck. Er war kostbar und un-

gewöhnlich. All ihre Schmuckstücke sind außer einer kleinen Kette aus Karneolen mit ihr begraben und im Grab versiegelt worden.«
Er warf die Arme empor. »Ich habe mein Weib gut behandelt und der Toten alle Ehren erwiesen, ohne Kosten zu scheuen. Ich wollte ihr größere Gunst erweisen als meinen eigenen Söhnen. Warum kehrt sie nun aus der Unterwelt zurück und verfolgt mich und meine Familie?«
Mersu entgegnete ernst: »Es scheint, daß die Tote nicht dir persönlich übel will. Der Wein war harmlos, als du ihn trankst. Wer von deinen Angehörigen hat dein Weib beleidigt?«
»Eine Frau, die nicht mehr am Leben ist«, antwortete Imhotep kurz.
»Du meinst das Weib deines Sohnes Yahmose?«
»Ja.« Imhotep machte eine Pause, dann sprudelte er hervor: »Was können wir gegen dieses Böse tun, heiliger Vater? O böser Tag, an dem ich dieses Weib in mein Haus brachte!«
»Wahrlich, ein böser Tag«, sagte Kait, die vom Frauenquartier herkam, mit dunkler Stimme. Ihre Augen waren geschwollen von den Tränen, die sie vergossen hatte, und ihr Gesicht zeigte eine auffallende Strenge und Entschlossenheit. »Es war ein böser Tag, an dem du Nofret herbrachtest, Imhotep. Den klügsten und schönsten deiner Söhne hat sie vernichtet! Satipy und meinen Sobek hat sie in den Tod geführt, und Yahmose ist diesem Geschick nur knapp entronnen. Wer wird der nächste sein? Wird sie auch unsere Kinder vernichten, sie, die meine kleine Ankh zu Boden stieß? Etwas muß geschehen, Imhotep!«
»Etwas muß geschehen«, wiederholte Imhotep, den Priester flehend anblickend.
»Es gibt immer Mittel und Wege«, sagte Mersu. »Wenn wir der Tatsache sicher sind, können wir beginnen. Ich denke an dein erstes Weib, Imhotep, an Ashayet. Sie stammte aus einer einflußreichen Familie. Sie vermag im Lande der Toten Mächte aufzurufen, gegen die Nofret nichts ausrichten kann. Wir müssen zusammen beratschlagen.«
Kait stieß ein kurzes Lachen aus.

»Wartet nicht zu lange! Männer bleiben sich immer gleich. Alles muß sich nach den Regeln vollziehen. Ich aber sage euch, handelt rasch, oder es wird noch mehr Tote geben unter diesem Dach.«
Sie wandte sich ab und ging fort.
»Eine großartige Frau«, murmelte Imhotep. »Ihren Kindern eine ausgezeichnete Mutter, eine pflichtgetreue Gattin, aber dem Oberhaupt des Hauses gegenüber läßt sie es manchmal an Ehrerbietung fehlen. Natürlich verzeihe ich ihr das jetzt. Wir sind alle durch den Kummer außer uns. Wir wissen kaum, was wir tun.« Er griff sich mit beiden Händen an den Kopf.
»Einige von uns wissen selten, was sie tun«, bemerkte Esa.
Imhotep warf ihr einen ärgerlichen Blick zu. Der Priesterarzt traf Anstalten, sich zu verabschieden, und Imhotep begab sich mit ihm auf den Vorplatz hinaus, wo er sich Anweisungen für die Behandlung des Kranken geben ließ.
Renisenb sah, daß ihre Großmutter die Stirn runzelte und einen so seltsamen Ausdruck zur Schau trug, daß sie fragte:
»Was denkst du, Großmutter?«
»In diesem Haus geschehen so sonderbare Dinge, daß man denken muß.«
»Sie machen mir angst«, sagte Renisenb schaudernd.
»Mir auch«, versetzte Esa. »Aber vielleicht nicht aus demselben Grund.« Mit schroffer Gebärde schob sie ihre Perücke zurecht.
»Aber Yahmose wird nicht sterben«, bemerkte Renisenb.
Esa nickte.
»Ja, der Arzt ist zur rechten Zeit gekommen. Mag sein, daß er ein andermal weniger Glück hat.«
»Glaubst du . . . glaubst du, daß sich noch mehr solche Dinge ereignen werden?«
»Meiner Meinung nach müßt ihr, du, Yahmose, Ipy und vielleicht auch Kait, beim Essen und Trinken sehr vorsichtig sein. Achtet darauf, daß ein Sklave eure Nahrung immer zuerst kostet.«
»Und du, Großmutter?«
Esa lächelte ihr sardonisches Lächeln.

»Ich bin eine alte Frau, Renisenb. Ich habe aber die besten Lebensaussichten, weil ich vorsichtiger sein werde als ihr alle.«
»Und mein Vater? Gewiß wird Nofret meinem Vater doch nichts Böses wünschen?«
»Ich weiß nicht. Ich sehe noch nicht klar. Morgen will ich noch einmal mit dem Viehhirten sprechen. An seinem Bericht war etwas . . .« Stirnrunzelnd brach Esa ab.
Dann humpelte sie an ihrem Stock langsam ins Frauenquartier zurück.
Renisenb begab sich zu ihrem Bruder. Er schlief, und leise ging sie wieder hinaus. Nach kurzem Zögern schritt sie zu der Tür, die in Kaits Gemach führte. Kait sang eins der Kinder in Schlaf. Ihr Antlitz war wieder ruhig und friedlich; sie sah ganz wie sonst aus, so daß Renisenb einen Augenblick lang das Gefühl hatte, die traurigen Ereignisse der letzten vierundzwanzig Stunden seien ein Traum gewesen.
Sie wandte sich ab und betrat ihr eigenes Zimmer. Auf einem Tisch stand unter ihren Schminksachen und Parfümkrügen das Schmuckkästchen, das Nofret gehört hatte.
Renisenb nahm es in die Hand und betrachtete es. Nofret hatte es berührt, hatte es in der Hand gehalten – es war ihr Eigentum gewesen. Wieder wurde Renisenb von einer Welle des Mitgefühls für die tote Frau ergriffen. Sicher war sie unglücklich gewesen, und deshalb hatte sie gehaßt, und dieser Haß suchte Rache . . . o nein, o nein!
Beinahe mechanisch öffnete Renisenb das Kästchen. Darin lagen die Karneolenkette und das zerbrochene Amulett und noch etwas . . .
Mit klopfendem Herzen entnahm Renisenb dem Schmuckkästchen eine dreireihige Perlenkette mit goldenen Löwenanhängern . . .

15

Erster Monat des Sommers – 30. Tag

Über den Fund des Halsbandes erschrak Renisenb sehr.

Sie folgte ihrem ersten Impuls und legte es wieder in das Kästchen, das sie fest zumachte.

Sie verbrachte dann eine schlaflose Nacht.

Am Morgen aber hatte sie sich zu dem Entschluß durchgerungen, sich einem Menschen anzuvertrauen. Sie vermochte die Last dieser bestürzenden Entdeckung nicht allein zu tragen. Sie holte das Halsband hervor und verbarg es in den Falten ihres Linnengewandes. Kaum hatte sie dies getan, da kam Henet hereingestürzt. Ihre Augen glänzten vor Vergnügen, weil sie eine Neuigkeit berichten konnte.

»Stell dir nur vor, Renisenb, wie entsetzlich! Der Viehhirte wurde heute früh draußen bei den Kornschobern schlafend gefunden, und obwohl man ihn geschüttelt und ihm ins Ohr geschrien hat, war er nicht zu wecken. Es ist, als hätte er Mohnsaft getrunken, aber wer mag ihm den Saft eingegeben haben?« Henets Hand berührte eines der vielen Amulette, die sie trug. »Amon schütze uns vor den bösen Geistern der Toten! Der Junge erzählte, daß er sie gesehen hat. Und deshalb kehrte sie zurück und gab ihm den Mohnsaft ein, um seine Augen für immer zu schließen! Oh, sie ist mächtig, diese Nofret! Keiner von uns ist mehr in diesem Haus sicher. Dein Vater sollte Amon eine ganze Herde Ochsen opfern – jetzt ist Sparsamkeit nicht angebracht. Imhotep trägt sich mit der Absicht, deine Mutter anzurufen; das hat Mersu ihm geraten. Hori ist schon damit beschäftigt, den Brief an die Tote abzufassen. Dein Vater wollte sich erst an Nofret wenden, aber der heilige Priester Mersu wies darauf hin, daß jetzt schärfere Maßnahmen notwendig sind. Deine Mutter, die eine vornehme Dame von edler Herkunft war, wird dafür sorgen, daß diese Frau ihre Kinder nicht zugrunde richtet.«

Renisenb hatte den Plan gehabt, Hori aufzusuchen und ihn von dem Fund des Löwenhalsbandes in Kenntnis zu setzen.

Doch wenn Hori mit den Priestern des Isistempels beschäftigt war, konnte sie nicht allein mit ihm sprechen.
Einen Augenblick erwog sie den Gedanken, sich an ihren Vater zu wenden. Aber sie hatte ihren früheren kindlichen Glauben an Imhoteps Allmacht völlig verloren. Sie wußte jetzt, daß er nur Würde und Überlegenheit vortäuschte und in Augenblicken der Gefahr keine Stärke besaß. Wenn Yahmose nicht krank gewesen wäre, hätte sie mit ihm reden können ... doch vermutlich hätte er darauf bestanden, die Sache Imhotep zu unterbreiten. Imhotep durfte auf keinen Fall etwas davon erfahren, das fühlte Renisenb mit immer größerer Gewißheit. Er hätte es sofort allen verkündet, und Renisenb war überzeugt, daß die Sache geheimbleiben mußte – warum, das wußte sie selber nicht zu sagen.
Nein, sie brauchte Horis Rat. Hori würde wie immer wissen, was zu tun war. Wenn er ihr das Halsband abnahm, so nahm er ihr auch Angst und Sorgen ab.
Kait kam keinesfalls in Frage. Kait hörte nie richtig zu, und so liebevoll sie war, sie war dumm.
Renisenb dachte: Dann ist da noch Kameni ... und meine Großmutter.
Der Gedanke, sich Kameni anzuvertrauen, hatte etwas Angenehmes. Sie sah sein Antlitz vor sich, wie es von Munterkeit zu Anteilnahme wechselte ... aber ob die Anteilnahme nur ihr gelten würde?
Sie wurde den Verdacht nicht los, daß Nofret und Kameni durch eine nähere Freundschaft mehr verbunden gewesen waren, als es den Anschein gehabt hatte. Denn hatte Kameni Nofret nicht geholfen, Imhotep seiner Familie zu entfremden? Er hatte sich damit verteidigt, es sei ihm keine andere Wahl geblieben – doch ob das stimmte? So etwas sagte sich leicht. Alles, was Kameni äußerte, klang selbstverständlich und richtig. Sein Lachen war so fröhlich, daß es ansteckend wirkte. Und sein Blick ... Renisenb brach verwirrt ab. Kamenis Augen waren nicht freundlich und beruhigend wie Horis Augen. Sie forderten heraus.
Renisenb beschloß, zu Esa zu gehen. Esa war klug und verfügte über einen praktischen Sinn.

Sowie Renisenb das Halsband erwähnte, blickte Esa schnell ringsum, legte den Finger auf die Lippen und streckte die andere Hand aus. Renisenb holte das Halsband hervor und legte es in die Hand der Alten. Esa betrachtete es und verstaute es dann in ihrem Gewand.
Gebieterisch sagte sie leise: »Jetzt nichts mehr davon. In diesem Hause lauschen hundert Ohren. Ich habe heute nacht wachgelegen und nachgedacht. Es gibt viel zu tun.«
»Mein Vater und Hori bereiten im Isistempel eine Bittschrift an meine Mutter vor, in der sie ihre Hilfe anrufen.«
»Ich weiß. Laß deinen Vater sich mit den Geistern der Toten befassen. Meine Gedanken kreisen um die Dinge dieser Welt. Wenn Hori zurückkommt, bring ihn zu mir.«
»Hori weiß, was getan werden muß«, sagte Renisenb zuversichtlich.
»Wo ist eigentlich Ipy?« fragte Esa unvermittelt.
»Er überwacht das Einordnen der Kornvorräte. Mein Vater hat ihm dieses Amt anvertraut.«
Esa lächelte.
»Das wird dem jungen Gänserich guttun. Er bläht sich sicher voller Wichtigkeit. Wenn er zum Essen hereinkommt, schick ihn zu mir.«
»Ja, Esa.«
»Und sonst, Renisenb, Schweigen . . .«

»Du wolltest mich sprechen, Großmutter?«
Ipy lächelte herausfordernd, er hielt den Kopf etwas schräg, und zwischen seinen weißen Zähnen steckte eine Blume. Er sah sehr selbstzufrieden aus.
»Falls du mir deine kostbare Zeit opfern kannst«, sagte Esa, die Augen zusammenkneifend.
Ihr spöttischer Ton machte Ipy keinen Eindruck.
»Es ist wahr, ich habe heute sehr viel zu tun. Ich führe die Aufsicht, solange mein Vater im Tempel ist.«
»Junge Schakale bellen laut«, bemerkte Esa.
Aber Ipy blieb unerschütterlich.
»Hast du mir nicht mehr zu sagen, Großmutter?« gab er gelassen zurück.

»O doch. Erstens einmal ist dies ein Trauerhaus. Dein Bruder Sobek ist schon in den Händen der Einbalsamierer. Aber dein Gesicht ist fröhlich, als hätten wir heute einen Festtag.«
Ipy lächelte.
»Du heuchelst nie, Esa. Möchtest du, daß ich ein Heuchler werde? Du weißt recht wohl, daß zwischen mir und Sobek keine Liebe war. Er beauftragte mich stets mit den demütigendsten Arbeiten auf dem Felde. Häufig verspottete er mich und lachte mich aus. Und als mein Vater mich zusammen mit meinen älteren Brüdern zum Teilhaber machen wollte, überredete Sobek ihn, davon abzustehen.«
»Wie kommst du darauf, daß Sobek ihn dazu überredet hat?« fragte Esa scharf.
»Kameni sagte es mir.«
»Kameni?« Esa zog die Brauen in die Höhe. »Das finde ich merkwürdig.«
»Kameni sagte, er habe es von Henet gehört – und wir alle sind uns darin einig, daß Henet immer alles weiß.«
»Trotzdem hat Henet sich diesmal geirrt«, entgegnete Esa trocken. »Zweifellos waren deine beiden Brüder der Meinung, daß du noch zu jung für eine solche Verantwortung bist, ich aber war diejenige, die deinem Vater geraten hat, dich auszuschließen.«
»Du, Großmutter?« Mit unverhohlenem Erstaunen blickte er sie an. Dann spiegelte sein Gesicht Zorn, die Blume fiel von seinen Lippen. »Warum hast du das getan? Es ging dich doch gar nichts an.«
»Alles, was meine Familie betrifft, geht mich an.«
»Und mein Vater hat auf dich gehört?«
»Nicht sofort«, antwortete Esa trocken. »Aber ich will dir eine Lehre erteilen, mein schönes Kind. Frauen wirken im geheimen und machen sich die Schwächen der Männer zunutze. Vielleicht erinnerst du dich, daß ich Henet eines Abends mit dem Spielbrett auf den Vorplatz schickte.«
»Ja, ich weiß. Mein Vater und ich spielten zusammen. Was soll das?«
»Ihr spieltet drei Runden. Und jedesmal hast du, da du besser spielst, deinen Vater geschlagen.«

»Ja.«
»Das ist alles«, sagte Esa und schloß die Augen. »Dein Vater schätzt es nicht, geschlagen zu werden, noch dazu von einem Knaben. Deshalb entsann er sich meiner Worte und fand, daß du noch zu jung bist, um Teilhaber zu werden.«
Ipy starrte sie eine Weile an; dann lachte er – das Lachen klang nicht sehr vergnügt.
»Du bist klug, Esa, wenn du auch alt bist. Wir beide haben den hellsten Verstand von der Familie. Du hast bei unserem Spiel die erste Runde gewonnen. Aber du wirst sehen, die zweite gewinne ich. Paß also auf, Großmutter.«
»Das werde ich«, gab Esa zurück. »Paß aber du auf dich selber auf. Einer deiner Brüder ist tot, der andere wäre fast gestorben. Du bist ebenfalls der Sohn deines Vaters – vielleicht gehst du den gleichen Weg. Auch du hast Nofret beleidigt.«
Ipy lachte spöttisch.
»Nofret! Ich habe da so meine eigenen Gedanken, Großmutter. Und ich versichere dir, Nofret und ihre Geisterkunststücke machen mir keine Sorge. Dieses dumme Weib!«
Hinter ihm ertönte ein schriller Schrei, und Henet rief weinend: »Törichtes Kind! Die Tote herauszufordern! Und nicht einmal ein Amulett hast du zu deinem Schutz!«
»Ich schütze mich selber. Geh mir aus dem Weg, Henet, ich habe Arbeiten zu erledigen. Diese faulen Bauern sollen erfahren, wie es ist, einen wirklichen Herrn über sich zu haben.«
Ipy stieß Henet beiseite und schritt hinaus.
Esa schnitt Henets Klagen kurz ab.
»Antworte mir, Henet, hast du Kameni gesagt, daß Sobek Imhotep überredet hat, Ipy von der Teilhaberschaft auszuschließen?«
Henets Stimme senkte sich zu ihrem üblichen Jammerton.
»Ich habe gewiß zu viel zu tun, als daß ich meine Zeit damit verbringen könnte, alles mögliche zu erzählen – noch dazu gerade Kameni. Ich habe sicher kein Wort mit ihm geredet, wenn er nicht zu mir gekommen ist und mich angesprochen hat. Er hat ein angenehmes Auftreten, das mußt du zugeben,

Esa, und ich bin nicht die einzige, die das findet. Und wenn eine junge Witwe ein neues Bündnis eingehen will, nun, dann wünscht sie sich gewöhnlich einen schönen, jungen Mann. Allerdings weiß ich nicht, was Imhotep dazu sagen würde. Kameni ist nur zweiter Schreiber.«

»Kümmere dich nicht darum, was Kameni ist! Beantworte meine Frage!«

»Ich weiß wirklich nicht mehr, was ich gesagt habe und was nicht. Eine Bemerkung geht einem leicht von den Lippen, wie es so ist ... Sobek hat wirklich gesagt, daß Ipy noch zu jung ist. Auch Yahmose hat diese Meinung geäußert, wenn auch weniger laut und nicht so oft. Schließlich hat man die Zunge zum Sprechen bekommen.«

»Hoffentlich hat deine Zunge nicht den Tod heraufbeschworen, Henet.«

»Was denkst du auch, Esa? Ich habe sicher zu keinem Menschen ein Wort gesagt, das nicht die ganze Welt hören dürfte. Ich bin allen so ergeben, daß ich für jeden sterben könnte. Ach, meine Liebe und Treue wird immer unterschätzt!«

»Oh, da wird ja meine lecker gebratene Ente gebracht«, fiel Esa ein, als die kleine Sklavin mit einer Platte eintrat. »Sie riecht wunderbar. Und da du so treu ergeben bist, Henet, kannst du ein paar Bissen essen – für den Fall, daß meine Mahlzeit vergiftet ist.«

»Vergiftet!« schrie Henet auf. »Wie kannst du nur so etwas sagen, Esa! Die Ente ist in unserer Küche gebraten worden.«

»Auf alle Fälle muß jemand sie kosten. Am besten du, Henet, da du ja auch bereit bist, für jeden von uns zu sterben. Es ist sicher kein schmerzvoller Tod. Meine kleine Sklavin möchte ich nicht verlieren. Sieh nur, wie knusprig und saftig die Ente ist. Also, mach den Mund auf. Köstlich, nicht wahr? Aber du wirst ja ganz blaß. Hat dir mein kleiner Scherz nicht gefallen?«

Esa lachte spöttisch. Dann wurde sie plötzlich wieder ernst und widmete sich mit Hingabe ihrem Lieblingsgericht.

16

Zweiter Monat des Sommers – 1. Tag

Die Beratung im Tempel war beendet. Hori und die beiden Tempelschreiber hatten die Bittschrift an Imhoteps verstorbene Gattin Ashayet aufgesetzt.
Nachdem Hori das Schreiben verlesen hatte, nickte Mersu beifällig. »Gut ausgedrückt. Nichts ist vergessen worden. Der Geist Ashayets wird sich gewiß des Hauses erbarmen.«
Imhotep erhob sich.
»Ich danke dir, heiliger Priester. Mein Opfer wirst du erhalten, ehe morgen die Sonne untergeht – Vieh, Öl und Flachs. Wollen wir übermorgen die Schale mit der Inschrift in der Opferkammer des Grabes niedersetzen?«
»Wir wollen es in drei Tagen tun. Die Inschrift muß angebracht werden, und wir müssen die Vorbereitungen für die Zeremonie treffen.«
»Wie du wünschst. Ich möchte verhindern, daß uns noch mehr Unheil trifft.«
»Ich begreife deine Sorge, Imhotep. Aber fürchte dich nicht. Der gute Geist Ashayets wird diese Bitten gewiß erhören.«
»Möge Isis es zulassen! Ich danke dir, Mersu, auch für die Heilung meines Sohnes Yahmose. Komm, Hori, wir haben noch viel zu tun. Laß uns zum Haus zurückkehren. Ach, diese Bittschrift nimmt mir wirklich eine Last von der Seele. Die erhabene Ashayet wird ihren unglücklichen Mann gewiß nicht im Stich lassen.«

Als Hori, die Papyrusrolle unterm Arm, den Hof betrat, lief Renisenb vom See her auf ihn zu.
»Hori, willst du bitte mit mir zu Esa kommen? Sie wartet auf dich.«
»Natürlich. Ich muß nur erst sehen, ob Imhotep . . .«
Imhotep war jedoch von Ipy aufgehalten worden, und Vater und Sohn sprachen leise miteinander.
Hori brachte seine Schreibsachen fort und begab sich dann mit Renisenb zu Esa.

Esa machte bei ihrem Eintritt ein erfreutes Gesicht.
»Hier bringe ich dir Hori, Großmutter«, sagte Renisenb.
»Gut. Ist es schön draußen?«
»Ja . . . ja, ich denke wohl.«
Renisenb war etwas verdutzt.
»Dann gib mir meinen Stock. Ich will hinaus.«
Esa verließ selten das Haus, und Renisenb wunderte sich. Sie stützte die alte Frau, und zusammen gingen sie durch die Haupthalle auf den Vorplatz hinaus.
»Möchtest du hier sitzen, Großmutter?«
»Nein, Kind, ich möchte zum See gehen.«
Esa kam nur langsam vorwärts, doch obwohl sie hinkte, war sie kräftig und zeigte keinerlei Ermüdung. Sie blickte sich um und wählte eine Stelle, wo nah beim See ein Blumenbeet angelegt war und eine große Sykomore willkommenen Schatten spendete.
Nachdem sie sich niedergelassen hatten, sagte Esa mit grimmiger Befriedigung: »So, nun können wir miteinander reden, ohne einen Lauscher befürchten zu müssen.«
»Du bist klug, Esa«, bemerkte Hori beifällig.
»Niemand darf erfahren, was wir hier besprechen. Dir vertraue ich, Hori. Du bist seit deiner Kindheit bei uns. Du warst immer treu und verschwiegen. Renisenb steht mir von all meinen Enkelkindern am nächsten. Ihr darf kein Leid geschehen, Hori.«
Der Blick, mit dem Hori stumm antwortete, genügte der Frau.
»Nun sage mir, Hori, was ist heute beschlossen worden?«
Hori berichtete von der Bittschrift, und Esa hörte ihm aufmerksam zu.
Als er geendet hatte, sagte sie: »Schau dir das einmal an.« Sie holte das Löwenhalsband hervor und händigte es ihm aus. Renisenb erzählte ihm, wo sie es gefunden hatte.
»Was hältst du davon, Hori?« fragte Esa.
»Du bist alt und weise«, gab Hori zurück. »Was denkst du?«
»Du gehörst zu den Menschen, die nicht gern eine Meinung äußern, wenn sie sich nicht auf Tatsachen stützen können.

Nicht wahr, du wußtest von Anfang an, auf welche Weise Nofret umgekommen ist?«
»Ich vermutete die Wahrheit, Esa. Es war nur ein Verdacht.«
»Und auch jetzt haben wir nur einen Verdacht. Aber hier, wo wir unter uns sind, können wir darüber sprechen. Es scheint mir, daß es für die tragischen Geschehnisse drei Erklärungen gibt. Der Viehhirte hat vielleicht die Wahrheit gesagt, hat wirklich Nofrets Geist gesehen, der gekommen ist, um sich zu rächen. Wir wissen, daß Geister Böses bewirken können. Aber ich glaube, daß es noch andere Möglichkeiten gibt, denn ich neige dazu, den Deutungen der Priester nicht völlig zu vertrauen.«
»Welche Möglichkeiten?« warf Hori ein.
»Vielleicht hat jemand aus einem Grund, den wir noch herausfinden müssen, zwei Söhnen Imhoteps den Tod gewünscht. Satipy hat Nofret getötet und später an der gleichen Stelle, wo sie den Mord verübte, eine Vision gehabt, so daß sie in ihrem Schuldgefühl strauchelte und abstürzte – das ist durchaus klar. Der Mensch, der Imhoteps Söhnen den Tod wünschte, hat sich die Furcht vor Nofrets bösem Geist zunutze gemacht, das meine ich.«
»Wer sollte Yahmose oder Sobek töten wollen?« rief Renisenb entsetzt.
»Kein Diener«, antwortete Esa. »Die Diener hätten das nicht gewagt. So haben wir nur unter wenigen zu wählen.«
»Einer von uns? Das kann nicht sein, Großmutter!«
»Frag Hori«, entgegnete Esa trocken. »Wie du siehst, erhebt er keinen Widerspruch.«
Renisenb wandte sich ihm zu: »Hori, bestimmt . . .«
Ernst schüttelte er den Kopf.
»Renisenb, du bist jung und vertrauensvoll. Du glaubst, daß die Menschen, die du kennst und liebst, so sind, wie sie scheinen. Du weißt nichts von der Bitterkeit, die im menschlichen Herzen sein kann.«
»Aber wer . . .?«
Esa fiel lebhaft ein: »Kehren wir zu der Geschichte zurück, die der Viehhirte erzählt hat. Er sah eine Frau in gefärbtem

Linnengewand, die Nofrets Halsband trug. Wenn es aber kein Geist war, dann sah er eine Frau, die absichtlich wie Nofret erscheinen wollte. Es kann Kait gewesen sein, es kann Henet gewesen sein – du kannst es gewesen sein, Renisenb! Laßt mich fortfahren. Eine weitere Möglichkeit ist die, daß der Junge gelogen hat. Er berichtete eine Geschichte, weil es ihm so befohlen worden ist. Er gehorchte einem Menschen, der das Recht hatte, ihm zu befehlen, und vielleicht war er sich in seinem Unverstand nicht einmal darüber klar, was der Wahrheit entsprach und was nicht. Wir werden es nie erfahren, denn der Knabe ist tot – an sich auch ein wesentlicher Punkt, der mich in dem Glauben bestärkt, daß der Junge auf Befehl gehandelt hat. Wenn man ihn heute näher befragt hätte, wäre die Lüge vielleicht herausgekommen. Mit Geduld läßt sich unschwer ausfindig machen, ob ein junger Mensch lügt.«

»Du glaubst also, daß wir einen Giftmörder in unserer Mitte haben?« fragte Hori.

»Ja. Und du?«

»Ich glaube es auch.«

Renisenb blickte bestürzt von einem zum andern.

»Aber der Beweggrund ist mir ganz unerklärlich«, fuhr Hori fort.

»Wenn wir den Beweggrund wüßten«, erwiderte Esa, »dann wüßten wir alles zur Aufklärung der Todesfälle Notwendige. Wir können nur davon ausgehen, wer angegriffen worden ist. Sobek gesellte sich unerwartet zu Yahmose, wohlgemerkt, nachdem Yahmose zu trinken angefangen hatte. Darum steht fest, daß der Täter zwar Yahmose, aber wohl kaum auch Sobek töten wollte.«

»Aber wer könnte Yahmose den Tod wünschen?« rief Renisenb ungläubig. »Yahmose ist doch sicher derjenige von uns, der am ehesten keine Feinde hat. Er ist immer ruhig und freundlich.«

»Darum ist der Beweggrund offensichtlich nicht in persönlichem Haß zu suchen«, erklärte Hori.

»Der Beweggrund liegt tiefer«, meinte Esa. »Was wäre geschehen, Hori, wenn das Los Yahmose getroffen hätte?«

Nachdenklich gab Hori Bescheid: »Wenn Yahmose wie beabsichtigt gestorben wäre, dann hätten Imhoteps übrige Söhne, Sobek und Ipy, den Hauptgewinn gehabt – ein Teil des Besitztums wäre zweifellos für Yahmoses Kinder bestimmt worden, aber die Leitung wäre vor allem auf Sobek übergegangen. Vermutlich hätte er während Imhoteps Abwesenheit als Ka-Priester fungiert, und nach Imhoteps Tod wäre er der rechtmäßige Nachfolger geworden. Obwohl Sobek der Nutznießer gewesen wäre, kann er nicht der Schuldige sein, da er selber von dem Wein getrunken hat und der Vergiftung zum Opfer gefallen ist. So wie die Dinge liegen, hätte nur eine Person Nutzen aus dem Tod der beiden Brüder gezogen, und diese Person ist Ipy.«
»Das stimmt«, nickte Esa. »Aber betrachten wir einmal Ipy als Charakter. Er ist jung und ungeduldig, er hat viele schlechte Anlagen, er ist in dem Alter, wo ihm die Erfüllung seiner Wünsche als das Wichtigste im Leben erscheint. Er empfand Zorn und Grimm auf seine Brüder, weil sie ihn nach seiner Ansicht von der Teilhaberschaft ausgeschlossen hatten. Auch soll Kameni unkluge Dinge zu ihm gesagt haben . . .«
»Kameni?« unterbrach Renisenb sie. Kaum war der Name ihren Lippen entschlüpft, so errötete sie und schloß fest den Mund.
Hori drehte den Kopf zu ihr herum. Der durchdringende Blick, mit dem er sie betrachtete, verletzte sie auf unerklärliche Weise.
»Jawohl, Kameni«, bestätigte Esa und sah sie ebenfalls an. »Ob Henet ihn dazu veranlaßt hat oder nicht, ist eine andere Frage. Die Tatsache bleibt, daß Ipy ehrgeizig und anmaßend ist und daß er sich, wie er selber zu mir sagte, für den fähigsten Kopf in der Familie hält.«
»Das hat er gesagt?« warf Hori ein.
»Er war liebenswürdig genug, mir ein gleiches Maß an Klugheit einzuräumen.«
Renisenb fragte ungläubig: »Glaubst du, daß Ipy seine Brüder mit voller Absicht vergiftet hat?«
»Ich bedenke eine Möglichkeit, weiter nichts. Wir sprechen

über einen Verdacht – einen Beweis haben wir noch nicht. Wenn Ipy es wirklich getan hat, so werden wir den Beweis für seine Schuld allerdings schwerlich finden, denn Ipy ist schlau. Wir wollen aber nun jedes Mitglied des Hauses im Lichte des Verdachts betrachten. Wie gesagt, die Diener schließe ich aus, weil ich überzeugt bin, daß sie eine solche Tat niemals gewagt hätten. Aber ich schließe Henet keineswegs aus.«

»Henet?« rief Renisenb. »Aber Henet ist uns allen treu ergeben. Sie beteuert es immer wieder.«

»Eine Lüge läßt sich ebenso leicht wie die Wahrheit vorbringen. Ich kannte Henet schon, als sie in jungen Jahren mit deiner Mutter hierherkam. Sie war eine mittellose, unglückliche Verwandte deiner Mutter. Ihr Mann hatte sich nicht viel aus ihr gemacht – Henet war auch als junge Frau wenig reizvoll – und sich von ihr getrennt. Das einzige Kind, das sie zur Welt brachte, starb noch als Säugling. Sie betonte damals immer wieder, wie sehr sie an deiner Mutter hinge, aber ich habe gesehen, wie ihre Augen deiner Mutter folgten, und ich kann dir sagen, Renisenb, es war keine Liebe in dem Blick. Nein, bitterer Neid sprach daraus, und was Henets Beteuerungen betrifft, so mißtraue ich ihnen gründlich.«

»Und du selber, Renisenb«, fiel Hori ein, »fühlst du für Henet Zuneigung?«

»N . . . nein«, antwortete Renisenb widerstrebend. »Ich habe mir oft Vorwürfe gemacht, weil ich sie nicht mag.«

»Meinst du nicht, daß du instinktiv spürst, wie falsch ihre Worte sind, und daß du sie deshalb nicht magst? Beweist sie ihre angebliche Ergebenheit jemals durch einen wirklichen Dienst? Hat sie nicht immer nur Zwietracht zwischen uns gesät, indem sie Dinge weitererzählte, die verletzend wirkten?«

»Ja, das stimmt«, gab Renisenb zu. »Aber mein Vater glaubt an sie und ist ihr zugetan.«

»Mein Sohn war von jeher ein Dummkopf«, entgegnete Esa. »Alle Männer sind Schmeicheleien zugänglich, und Henet versteht sich aufs Schmeicheln. Vielleicht liebt sie

ihn wirklich – manchmal möchte ich es fast annehmen –, doch gewiß liebt sie sonst niemanden in diesem Hause.«
»Aber bestimmt würde sie keinen Mord begehen«, widersprach Renisenb. »Warum sollte sie einen von uns vergiften wollen? Was für einen Nutzen hätte sie davon?«
»Nicht den geringsten. Was das Warum betrifft, so habe ich keine Ahnung von den Gedanken, mit denen Henet sich trägt. Ich spüre nur, daß sich hinter ihrer kriecherischen Art seltsame Ideen und Gefühle verbergen. Und da dem so ist, würden wir ihre Beweggründe wohl kaum verstehen.«
Hori nickte beifällig.
»Dann ist da noch Kait«, fuhr Esa nach kurzer Pause fort.
»Nein, nein!« wehrte Renisenb ab. »Kait hätte niemals versucht, Sobek zu töten! Das ist unmöglich.«
»Nichts ist unmöglich«, versetzte Esa. »Das habe ich im Laufe meines Lebens wenigstens gelernt. Kait ist dumm, und dummen Frauen habe ich stets mißtraut. Sie sehen nur ihre eigene begrenzte Umgebung und nur ein Ding auf einmal. Kait lebt in einer kleinen Welt, die nur sie selbst und ihre Kinder und Sobek als den Vater ihrer Kinder einschließt. Sie hätte gut denken können, daß es ihren Kindern zugute kommt, wenn Yahmose aus dem Weg geräumt wäre. Sobek hat nie die Zufriedenheit seines Vaters erregt; Yahmose war der Sohn, auf den Imhotep sich stützte. Wenn aber Yahmose nicht mehr am Leben war, dann hätte Imhotep sich auf Sobek stützen müssen. So hätte sie die Sache wohl ansehen können.«
Renisenb schauderte. Wider Willen mußte sie zugeben, daß ihre Großmutter Kait richtig schilderte. Alle Liebesfähigkeit, über die Kait verfügte, richtete sich auf ihre Kinder. Die übrige Welt bedeutete ihr nichts.
Bedachtsam wandte Renisenb ein: »Sie wäre sich doch sicher klar darüber gewesen, daß Sobek zurückkehren und ebenfalls von dem Wein trinken könnte?«
»Nein, das glaube ich nicht«, sagte Esa. »Dazu ist Kait zu wenig weitsichtig, zu dumm. Sie hätte nur gesehen, was sie zu sehen wünschte – Yahmose, der von dem vergifteten Wein trank und starb, und die Erklärung, daß der Geist der bösen,

schönen Nofret sich gerächt hat. Mit Möglichkeiten hätte Kait nicht gerechnet, und da sie Sobek keineswegs den Tod wünschte, kam es ihr überhaupt nicht in den Sinn, daß er zurückkehren könnte.«

»Und jetzt ist Sobek tot, und Yahmose lebt! Wie schrecklich muß das für sie sein, wenn deine Annahme stimmt!«

»Solche Dinge widerfahren einem, wenn man dumm ist«, erwiderte Esa. »Und nun kommen wir zu Kameni.«

»Kameni?« Renisenb empfand die Notwendigkeit, den Namen ruhig und ohne Widerspruch zu wiederholen. Abermals bemerkte sie mit Unbehagen, daß Horis Augen auf ihr ruhten.

»Ja, wir können Kameni nicht ausschließen. Uns ist kein Beweggrund bekannt, der ihn veranlaßt haben könnte, uns Unglück zu bringen, aber was wissen wir überhaupt von ihm? Er stammt aus dem Norden, aus dem gleichen Gebiet wie Nofret. Er hat ihr geholfen – gern oder ungern, wer vermag es zu entscheiden? –, Imhoteps Herz gegen seine Kinder zu kehren. Ich habe ihn öfters beobachtet, und ich muß gestehen, daß ich aus ihm nicht klug werde. Er scheint mir im ganzen ein durchaus gewöhnlicher junger Mann zu sein, der über eine gewisse Gescheitheit verfügt, und der, abgesehen von seiner Schönheit, jenes gewisse Etwas hat, das Frauen anzieht. Ja, die Weiber werden Kameni immer lieben, und doch glaube ich – mag sein, daß ich mich irre –, daß er nicht zu jenen gehört, die es darauf anlegen, Frauenherzen zu gewinnen. Er macht immer einen fröhlichen Eindruck, und er schien um Nofret nicht sehr zu trauern. Aber alle diese Dinge sind äußerlich. Wer weiß, was im Herzen eines Menschen vorgeht? Ein entschlossener Mann kann leicht eine Rolle spielen ... Hat Kameni in Wirklichkeit leidenschaftlichen Anteil an Nofrets Tod genommen, und will er sich rächen? Da Satipy Nofret getötet hat, sollte deshalb ihr Gatte ebenfalls sterben? Und auch Sobek, der Nofret gedroht hat? Sind Kait und Ipy in Gefahr, weil sie ihr übelwollten? Es scheint phantastisch, aber wer kann es wissen?« Esa blickte Hori schlau an. »Vielleicht weißt du etwas, Hori?«

Hori schwieg eine Weile, dann antwortete er: »Ich habe mei-

ne eigenen Gedanken, wer den Wein vergiftet hat und warum es geschehen ist, aber ganz klar bin ich mir noch nicht ...« Er schüttelte den Kopf. »Nein, ich könnte keine endgültige Anklage erheben.«
»Wir sprechen ja nur über mögliche Verdächtigungen. Äußere dich also, Hori.«
Wieder schüttelte er den Kopf.
»Nein, Esa. Es ist ein nebelhafter Gedanke. Und wenn ich auf dem richtigen Weg wäre, dann würdest du es besser nicht erfahren. Das Wissen könnte gefährlich sein. Das gleiche gilt für Renisenb.«
»Dann ist das Wissen aber auch für dich gefährlich, Hori?«
»Ja, es ist gefährlich ... Ich glaube, Esa, daß wir alle in Gefahr sind, Renisenb vielleicht am wenigsten.«
Esa betrachtete ihn eine Zeitlang stumm. »Ich würde viel darum geben«, sagte sie dann, »wenn ich wüßte, mit was für Gedanken du dich trägst.«
Hori sann eine Weile vor sich hin, ehe er zur Antwort gab: »Die Gedanken eines Menschen lassen sich nur an seinem Benehmen erkennen. Wenn ein Mensch sich sonderbar und außergewöhnlich benimmt ...«
»Dann verdächtigst du ihn?« fragte Renisenb.
»Nein, das meine ich nicht. Wer bewußt böse Absichten hat, der muß darauf bedacht sein, sie um jeden Preis zu verbergen. Darum wagt er es nicht, sich irgendwie auffällig zu betragen.«
»Ich verstehe«, sagte Esa und warf ihm einen scharfen Blick zu. »Wie steht es mit uns dreien? Wieso sind wir verdächtig?«
»Auch dies müssen wir bedenken«, gab Hori zurück. »Mir hat man großes Vertrauen entgegengebracht. In meinen Händen ruhten die Vertragsabschlüsse und die Verfügung über die Ernte. Als Schreiber habe ich mit allen Abrechnungen zu tun gehabt. Es könnte sein, daß ich sie gefälscht habe – Kameni hat im Norden eine solche Fälschung aufgedeckt. Yahmose hätte einen Verdacht fassen können. Dann wäre es notwendig gewesen, ihn zum Schweigen zu bringen.« Er lächelte schwach über seine eigenen Worte.

»O Hori, wie kannst du nur so etwas sagen!« rief Renisenb. »Wer dich kennt, würde das niemals glauben.«

»Niemand kennt einen anderen Menschen wirklich, Renisenb. Muß ich dich immer wieder darauf aufmerksam machen?«

»Und inwiefern bin ich verdächtig?« fragte Esa. »Nun, ich bin alt. Ein alter Kopf wird manchmal krank, so daß das Herz zu hassen beginnt, wo es zu lieben pflegte. Ich hätte meiner Enkel überdrüssig werden können. Alte Leute sind oft unberechenbar.«

»Und ich?« fragte Renisenb. »Warum hätte ich meine Brüder, die ich liebe, töten sollen?«

»Wenn Yahmose, Sobek und Ipy nicht mehr am Leben sind«, antwortete Hori, »dann bist du Imhoteps einziges Kind. Er würde dir dann einen Gatten suchen, und alles hier wäre euer Eigentum. Ihr wäret die Hüter der Enkel Imhoteps.« Er lächelte. »Aber wir, die wir unter der Sykomore sitzen, wir verdächtigen dich nicht, Renisenb.«

»Wir, die wir unter der Sykomore sitzen, wir lieben dich«, sagte Esa.

17

Zweiter Monat des Sommers – 1. Tag

»Du warst also draußen«, sagte Henet, die herbeieilte, als Esa in ihr Zimmer humpelte. »Seit fast einem Jahr hast du das nicht mehr getan!« Forschend betrachtete sie die Greisin.

»Alte Leute haben Launen«, gab Esa zur Antwort.

»Ich sah dich mit Hori und Renisenb am See sitzen.«

»Gibt es etwas, das du nicht siehst, Henet?«

»Ich weiß wirklich nicht, was du meinst, Esa. Alle Welt konnte euch dort sitzen sehen.«

»Aber niemand konnte uns hören!«

»Warum bist du nur so unfreundlich zu mir, Esa? Ich habe

viel zuviel zu tun, um die Gespräche anderer zu belauschen. Wenn Imhotep nicht wäre, der mich schätzt . . .«
Esa fiel scharf ein: »Ja, wenn Imhotep nicht wäre! Von Imhotep bist du abhängig, nicht wahr? Wenn ihm etwas zustoßen würde . . .«
Diesmal schnitt Henet ihr die Rede ab. »Imhotep wird nichts zustoßen!«
»Woher weißt du das, Henet? In diesem Hause gibt es keine Sicherheit.«
»Ja, das stimmt. Sobek ist gestorben, und Yahmose ist beinahe gestorben . . .«
Esa lehnte sich vor.
»Henet, warum hast du bei deinen Worten soeben gelächelt?«
»Ich habe gelächelt?« rief Henet bestürzt. »Du träumst, Esa! Wie könnte ich lächeln, wenn ich von etwas so Entsetzlichem spreche?«
»Es ist wahr, meine Augen sind sehr schlecht«, sagte Esa. »Aber ich bin noch nicht blind. Und wenn man meint, man hat es mit einem Menschen zu tun, der nicht mehr viel sieht, so nimmt man sich oft nicht in acht. Deshalb frage ich dich noch einmal: Warum hast du mit stiller Befriedigung gelächelt?«
»Was du da sagst, ist ungeheuerlich!«
»Jetzt fürchtest du dich.«
»Wer würde sich in diesem Hause nicht fürchten?« rief Henet schrill. »Wir haben alle Angst, denn böse Geister kehren zu uns zurück, um uns zu quälen! Aber ich weiß, was los ist – du hast auf Hori gehört. Was hat er über mich gesagt?«
»Was weiß denn Hori von dir, Henet?«
»Nichts, gar nichts. Du solltest mich lieber fragen, was ich von ihm weiß.«
Esas Gesicht wurde hart.
»Nun, und was weißt du von ihm?«
Henet warf den Kopf zurück.
»Ach, ihr verachtet alle die arme Henet! Ihr findet sie häßlich und dumm. Aber ich weiß vieles – wahrhaftig, nur wenig geht in diesem Haus vor sich, das ich nicht weiß. Vielleicht

sehe ich mehr als so gescheite Leute wie Hori. Wenn Hori mir begegnet, dann hat er eine Art, über mich hinwegzublikken, als ob ich überhaupt nicht vorhanden sei. Er sollte lieber mich ansehen! Satipy hat sich auch für klug gehalten, und wo ist sie jetzt?« Frohlockend hielt Henet inne.
Aber Esa schien in eigene Gedanken versunken. Ihr Gesicht trug einen verwirrten, beinahe entsetzten Ausdruck. Langsam sagte sie sinnend: »Satipy . . .«
Henet fuhr mit ihrem üblichen Klageton fort: »Entschuldige, Esa, daß ich mich vergessen habe. Ich weiß wirklich nicht, was in mich gefahren ist.«
Esa, schaute auf und erwiderte kurz angebunden: »Geh jetzt, Henet. Und ich warne dich, nimm deine Worte und Taten in acht. Wir wollen keine Toten mehr in diesem Haus. Du verstehst mich hoffentlich.«

Nach der Unterredung unter der Sykomore traf Renisenb, die sich nicht recht entschließen konnte, sich zu Kait und den Kindern zu gesellen, am Hoftor mit Ipy zusammen, der mit hocherhobenem Kopf und einem fröhlichen Lächeln daherkam.
Renisenb betrachtete ihn verwundert. Sie erkannte das verwöhnte, eigenwillige Kind, das sie verlassen hatte, als sie mit Khay fortgezogen war, nicht wieder.
»Was ist denn, Renisenb?« lachte Ipy. »Du siehst so töricht aus wie Henet.«
Renisenb schüttelte den Kopf.
»Henet ist nicht töricht. Sie ist schlau.«
»Sie ist bösartig, ist eine Last für das ganze Haus. Ich habe im Sinn, mich ihrer zu entledigen.«
»Du . . . du willst . . .«, hauchte Renisenb.
»Meine liebe Schwester, was ist mit dir? Hast du, wie der unglückselige, törichte Schwarze, böse Geister gesehen?«
»Du hältst wohl jeden Menschen für töricht?«
»Der Junge war entschieden schwachsinnig. Nun ja, es stimmt, daß ich Dummheit gegenüber unnachsichtig bin. Davon habe ich genug gehabt. Es ist kein Vergnügen, das kannst du mir glauben, mit zwei langweiligen älteren Brü-

dern geschlagen zu sein, die über ihre eigene Nase nicht hinausblicken können. Nachdem sie aus dem Weg sind und nur noch mein Vater da ist, wirst du den Unterschied merken. Mein Vater wird tun, was ich sage.«

Renisenb musterte ihn. Er sah ungewöhnlich schön und hochmütig aus. Es ging eine starke Vitalität von ihm aus, eine geradezu frohlockende Lebenskraft.

Sie entgegnete nachdrücklich: »Meine Brüder sind nicht beide aus dem Weg, wie du dich ausdrückst. Yahmose lebt.«

Ipy schaute sie mit verächtlichem Spott an.

»Und du glaubst wohl, daß er wieder ganz gesund werden wird?«

»Warum denn nicht?«

Ipy lachte.

»Nun, da bin ich anderer Meinung. Yahmose ist erledigt, es ist aus mit ihm. Er wird nur noch herumkriechen und in der Sonne sitzen. Er ist kein Mann mehr. Die erste Wirkung des Giftes hat er überwunden, aber du wirst sehen, besser wird es nicht mehr.«

»Aber wieso denn?« fragte sie. »Der Arzt sagte doch, daß er nach einiger Zeit wieder ebenso kräftig wie früher sein würde.«

Ipy zuckte die Schultern.

»Ärzte wissen nicht alles. Sie reden weise und machen viele Worte. Gib der bösen Nofret die Schuld, wenn du willst, aber Yahmose ist verdammt.«

»Und hast du selber keine Angst, Ipy?«

»Ich? Angst?«

Lachend warf der Jüngling das schöne Haupt zurück.

»Notret hat dich nicht gerade geliebt, Ipy.«

»Mir kann kein Leid geschehen, Renisenb, solange ich es nicht zulasse! Ich bin noch jung, aber ich gehöre zu den Menschen, die für den Erfolg geboren sind. Und was dich betrifft, Renisenb, so tätest du klug daran, dich gut mit mir zu stellen, hast du verstanden? Du behandelst mich oft wie einen unmündigen Knaben. Aber das bin ich jetzt nicht mehr. Mit jedem Monat wird sich der Unterschied zeigen. Bald bestimme nur noch ich in diesem Hause. Mein Vater mag die Befehle erteilen, aber wer sie ersinnt, das bin ich!« Er machte einige Schritte, blieb stehen und sagte über die Schulter: »Hüte dich also, Renisenb, daß du dir nicht meine Gunst verscherzest.«

Während Renisenb ihm noch nachblickte, vernahm sie Schritte. Sie drehte sich um und sah Kait auf sich zukommen.

»Was hat Ipy gesagt, Renisenb?«

Renisenb antwortete langsam: »Daß er hier bald der Herr sein wird.«

Wirklich?« gab Kait zurück. »Da bin ich anderer Meinung.«

Ipy lief leichtfüßig die Stufen zum Haus hinauf und trat ein. Der Anblick Yahmoses, der auf einem Lager ruhte, schien ihn zu erfreuen.

Er sagte munter: »Nun, wie geht es dir, mein Bruder? Werden wir dich nie mehr auf den Feldern sehen? Ich begreife gar nicht, daß ohne dich nicht alles zusammengebrochen ist!«

Yahmose antwortete mit schwacher Stimme: »Das Gift ist nun bekämpft. Warum gewinne ich meine Kraft nicht zurück? Ich versuchte heute früh aufzustehen, aber meine Beine wollten mich nicht tragen. Mit jedem Tag fühle ich mich matter, das ist das Schlimmste.«

Ipy schüttelte mitleidig den Kopf.

»Wirklich traurig. Und die Ärzte können nicht helfen?«

»Mersus Gehilfe kommt täglich. Er versteht meinen Zustand nicht. Ich trinke starke Kräuterabsude. Jeden Tag werden die Götter angerufen. Es besteht kein Grund, daß ich nicht bald gesund werde. Doch statt dessen schwinden meine Kräfte immer mehr.«

»Schlimm, schlimm«, sagte Ipy.

Er ging weiter, leise vor sich hin summend, bis er seinen Vater und Hori traf, die mit Abrechnungen beschäftigt waren.

Imhoteps sorgendurchfurchtes Gesicht erhellte sich beim Anblick seines Lieblingssohnes.

»Da kommt ja mein Ipy. Was hast du mir von draußen zu melden?«
»Alles läuft gut, Vater. Die Gerste ist bald reif. Wir werden eine erfreuliche Ernte haben.«
»Ja, den Göttern sei Dank, draußen steht alles zum besten. Wollte es doch auch drinnen gutgehen. Ich muß weiterhin auf Ashayet bauen, sie wird uns ihre Hilfe nicht versagen. Ich sorge mich um Yahmose. Ich begreife seine Schwäche nicht.«
Ipy lächelte verächtlich.
»Yahmose war immer ein Schwächling«, sagte er.
»Das stimmt nicht«, entgegnete Hori milde. »Seine Gesundheit war stets gut.«
»Die Gesundheit des Menschen hängt vom Geist ab«, erklärte Ipy strahlend. »Yahmose scheute sich sogar, Befehle zu erteilen.«
»In letzter Zeit hat Yahmose bewiesen, daß er ein überlegener Geist ist«, wandte Imhotep ein. »Es hat mich selber überrascht. Aber diese körperliche Schwäche macht mir Sorgen. Mersu versicherte mir, daß die Heilung schnell vonstatten gehen würde, wenn die Wirkung des Giftes erst einmal überwunden wäre.«
Hori legte einige Papyrusrollen beiseite.
»Es gibt noch andere Gifte«, sagte er ruhig.
Imhotep fuhr herum.
»Wie meinst du das?«
Hori sprach mit sanfter, nachdenklicher Stimme.
»Es gibt Gifte, die nicht sofort, nicht heftig wirken. Sie sind heimtückisch. Wer jeden Tag ein wenig davon einnimmt, bei dem sammeln sie sich im Körper an. Erst nach langen Monaten der Schwäche kommt der Tod. Frauen wissen über solche Gifte Bescheid – sie benutzen sie manchmal, um sich ihres Gatten zu entledigen und den Anschein eines natürlichen Todes zu erwecken.«
Imhotep war erblaßt.
»Willst du damit sagen, daß . . . daß es sich so mit Yahmose verhält?«
»Ich will damit nur sagen, daß es möglich wäre. Wenn seine

Speisen auch immer von einem Sklaven gekostet werden, so bedeutet diese Vorsichtsmaßnahme doch gar nichts, da diese geringen Mengen bei einem kräftigen Menschen unter Umständen ohne Wirkung bleiben könnten.«
»Unsinn!« rief Ipy laut. »Reiner Unsinn! Ich glaube nicht, daß es solche Gifte gibt. Ich habe nie davon gehört.«
Hori hob den Blick.
»Du bist noch jung, Ipy. Es gibt viele Dinge, von denen du vorläufig noch nichts weißt.«
»Aber was können wir tun?« schrie Imhotep auf. »Wir haben Ashayet angerufen. Wir haben im Tempel Opfer gebracht. Was sollen wir mehr tun?«
Hori antwortete nachdenklich: »Laß Yahmoses Speisen von einem vertrauenswürdigen Sklaven zubereiten und sorge dafür, daß dieser Sklave dauernd bewacht wird.«
»Aber das bedeutet, daß hier in diesem Hause . . .«
»Unsinn!« rief Ipy abermals. »Reiner Unsinn!«
Hori zog die Brauen in die Höhe.
»Versuchen wir es auf jeden Fall. Dann werden wir sehen, ob es Unsinn ist.«
Ipy ging ärgerlich hinaus.
Hori blickte ihm stirnrunzelnd nach.

Ipy verließ das Haus in solcher Wut, daß er beinahe mit Henet zusammengeprallt wäre.
»Geh mir aus dem Weg, Henet! Du schleichst immerzu herum und kommst einem in die Quere.«
»Wie roh du bist, Ipy. Du hast meinen Arm gequetscht.«
»Um so besser. Ich kann dein Geschnüffel nicht mehr ertragen. Je eher du dieses Haus verläßt, desto besser – und ich werde dafür sorgen.«
In Henets Augen blitzte es böse auf.
»Du willst mich also hinauswerfen, wie? Nach allem, was ich für euch getan habe! Dein Vater weiß, wie treuergeben ich der ganzen Familie bin.«
»Er hat davon sicher genug gehört! Und wir andern ebenfalls! Meiner Meinung nach bist du eine Giftzunge, die Unheil anrichtet. Du hast Nofret bei ihren Plänen geholfen, das

ist mir wohlbekannt. Nach ihrem Tode hast du uns wieder umschmeichelt. Aber du wirst sehen, zum Schluß hört mein Vater auf mich und nicht auf deine Lügenmärchen.«
»Was hat dich so aufgebracht, Ipy?«
»Das geht dich nichts an.«
»Du hast doch nicht etwa Angst? Es gehen hier sonderbare Dinge vor sich.«
»Du kannst mich nicht erschrecken, du alte Katze.«
Er eilte an ihr vorbei.
Henet ging langsam ins Haus. Ein Stöhnen Yahmoses erregte ihre Aufmerksamkeit. Er hatte sich von seinem Lager erhoben und machte Gehversuche. Aber seine Beine schienen fast sogleich den Dienst zu versagen, und wäre Henet nicht flink hinzugesprungen, so wäre er gefallen.
»Leg dich wieder hin, Yahmose«, sagte sie beschwichtigend.
»Wie stark du bist, Henet. Das sieht man dir gar nicht an.« Er legte das Haupt auf die hölzerne Kopfstütze. »Hab Dank. Was ist nur mit mir? Woher kommt dieses Gefühl, als ob meine Muskeln zu Brei geworden wären?«
»Das Haus ist eben verzaubert. Es ist das Werk einer Teufelin, die aus dem Norden zu uns kam. Nie ist Gutes aus dem Norden gekommen.«
Yahmose murmelte verzagt: »Ich muß sterben. Ja, ich muß sterben . . .«
»Andere werden vor dir sterben«, prophezeite Henet grimmig.
»Wie meinst du das?« Yahmose stützte sich auf einen Ellenbogen und starrte sie an.
»Ich weiß, was ich sage.« Henet nickte mehrmals. »Du wirst nicht als nächster sterben. Warte nur ab, du wirst's sehen.«

»Warum meidest du mich, Renisenb?«
Kameni stellte sich Renisenb in den Weg. Sie errötete und fand keine passende Antwort. Es stimmte, sie hatte sich absichtlich abgewandt, als sie Kameni kommen sah.
»Warum, Renisenb? Sag mir den Grund!«
Aber sie konnte nur stumm den Kopf schütteln.

Dann schaute sie zu ihm auf. Sie hegte die geheime Angst, daß auch Kamenis Antlitz verändert sein könnte. Mit merkwürdiger Freude nahm sie wahr, daß es unverändert war. Seine Augen betrachteten sie ernst, und ausnahmsweise spielte kein Lächeln um seine Lippen.
Vor seinem Blick senkte sie die Lider. Kameni verwirrte sie immer. Seine Nähe spürte sie körperlich. Ihr Herz schlug etwas schneller.
»Ich weiß, warum du mir aus dem Weg gehst, Renisenb.«
Sie fand ihre Stimme wieder: »Ich ... ich bin dir nicht aus dem Weg gegangen. Ich sah dich nicht kommen.«
»Das ist gelogen.« An seiner Stimmer erkannte sie, daß er jetzt lächelte. »Renisenb, schöne Renisenb.«
Sie fühlte seine warme, kräftige Hand an ihrem Arm, und sogleich machte sie sich frei.
»Rühr mich nicht an!«
»Warum wehrst du dich gegen mich, Renisenb? Du weißt recht gut, wie es um uns beide steht. Es ist widernatürlich, daß du, so jung und stark und schön, dein ganzes Leben um einen toten Gatten trauerst. Ich will dich von hier fortbringen. Dieses Haus ist von bösen Geistern erfüllt. Du sollst mit mir kommen und in Sicherheit sein.«
»Und wenn ich nicht mitkommen will?« entgegnete sie lebhaft.
Kameni lachte. Seine kräftigen Zähne blitzten.
»Du willst ja mitkommen, nur magst du es nicht zugeben! Das Leben ist schön, Renisenb, wenn Mann und Frau beisammen sind. Ich werde dich glücklich machen. Ich glaube, daß du hier nicht sicher bist; deshalb will ich dich fortführen. Ich bin ein guter Schreiber, und ich kann in das Haus eines Vornehmen eintreten, obwohl ich, offen gestanden, das Landleben hier vorziehe. Teti nehmen wir mit. Sie ist ein schönes, gesundes Kind, und ich werde ihr ein guter Vater sein. Sprich, Renisenb!«
Renisenb stand stumm. Ihr Herz klopfte heftig, und sie empfand ein sehnsüchtiges Verlangen. Doch gleichzeitig lehnte sich etwas in ihr auf.
Wenn er mich berührt, werde ich schwach, dachte sie. Aber

von seinen Gedanken, von seinem Herzen weiß ich nichts. Was wünsche ich mir? Ich ahne es nicht, doch dies nicht, nein, dies nicht ...

Ihren eigenen Ohren klangen die Worte matt und unbestimmt, als sie sich sagen hörte: »Ich will keinen zweiten Gatten. Ich will allein sein.«

»Nein, Renisenb, du irrst dich. Für das Alleinsein bist du nicht geschaffen. Das sagt deine Hand, wenn sie in der meinen zittert.«

Mühsam zog sie ihre Hand zurück.

»Ich liebe dich nicht, Kameni. Ich glaube, ich hasse dich.«

Er lächelte.

»Es ist mir gleich, daß du mich haßt. Dein Haß ist der Liebe sehr nahe. Wir werden noch einmal darüber sprechen.«

Mit der Eleganz einer Gazelle schritt er von dannen.

Langsam begab Renisenb sich zu der Stelle am See, wo Kait mit den Kindern spielte.

Die beiden Frauen wechselten einige belanglose Worte.

Ganz plötzlich fragte dann Renisenb: »Soll ich einen zweiten Gatten nehmen? Was würdest du dazu sagen, Kait?«

Ohne sonderliche Anteilnahme erwiderte Kait gelassen: »Das wäre vielleicht ganz gut. Du bist jung und gesund und kannst noch viele Kinder haben.«

»Besteht darin das Leben der Frau?«

»Für die Frau ist es die Hauptsache, das weißt du wohl. Rede nicht, als ob du eine Sklavin wärst. In Ägypten verfügen die Frauen über Macht, durch sie geht die Erbschaft auf die Kinder über. Die Frauen sind das Lebensblut Ägyptens.«

Nachdenklich betrachtete Renisenb ihre Tochter Teti, die voller Ernst für ihre Puppe einen Blumenkranz wand.

Teti blickte auf und lächelte ihre Mutter an. Es war ein zutrauliches, heiteres Lächeln.

Kait sah Renisenb neugierig an.

»Was wünschst du dir eigentlich, Renisenb? Ich verstehe dich nicht recht.«

Renisenb antwortete nicht. Wie hätte sie in Worte fassen sollen, was sie selber nicht verstand? Sie sah um sich, auf die Hofmauern, den fröhlich bemalten Vorplatz des Hauses, das

glatte Wasser des Sees und den anmutigen kleinen Pavillon, die hübschen Blumen und die Papyrusstauden.
Leise sagte sie: »Von hier aus kann man den Fluß nicht sehen ...«
Kait machte ein erstauntes Gesicht.
»Wozu soll man ihn denn sehen?«
»Ich weiß nicht. Ach, ich bin dumm ...« Renisenb holte tief Atem. »Wie friedlich es hier ist. Man vermag sich gar nicht vorzustellen, daß hier etwas geschehen könnte, etwas Grauenvolles ...«
Aber gerade am See wurde Ipy am nächsten Morgen gefunden. Er lag, das Gesicht nach unten gekehrt, ausgestreckt auf dem Grunde des Wassers, wo eine Hand ihn festgehalten hatte, so daß er ertrunken war.

18

Zweiter Monat des Sommers – 10. Tag

Imhotep saß zusammengesunken da. Er sah viel älter aus, ein gebrochener, betagter Mann. Sein Antlitz trug einen bemitleidenswert verwirrten Ausdruck.
Henet brachte ihm Speisen und redete ihm gütlich zu, etwas zu essen.
»Ja, ja, Imhotep, du mußt dir deine Kraft erhalten.«
»Wozu? Was ist Kraft? Ipy war kräftig in seiner Jugend und Schönheit, und jetzt liegt er im Laugenbad ... mein Sohn, mein innigstgeliebter Sohn ... der letzte meiner Söhne.«
»Nein, nein, du hast ja noch deinen guten Yahmose.«
»Wie lange noch? Nein, auch er ist verdammt, Wir sind alle verdammt. Was für ein Übel ist über uns gekommen? Wie hätte ich wissen sollen, daß solche Dinge geschehen würden, als ich mir wieder ein Weib nahm? Das ist recht und billig, ist nach den menschlichen und göttlichen Gesetzen erlaubt. Warum mußte uns trotzdem all dies widerfahren? Oder ist es Ashayet, die sich an mir rächt? Verzeiht sie mir

etwa nicht? Auf meine Biltschrift hat sie entschieden nicht geantwortet. Das Böse setzt sich fort.«

»Nein, nein, sag das nicht, Imhotep. Es ist erst kurze Zeit vergangen, seit du die Schale in der Opferkammer niedergesetzt hast. Wenn man bedenkt, wie lange es dauert, bis das Gesetz sich in dieser Welt auswirkt . . . Gerechtigkeit bleibt Gerechtigkeit, in dieser Welt wie in der nächsten, und was lange währt, wird endlich gut.«

Imhotep schüttelte zweifelnd den Kopf.

»Du darfst auch nicht vergessen, daß Ipy nicht Ashayets Sohn war«, fuhr Henet fort, »er wurde dir von deiner Schwester und Gattin Ankh geschenkt. Warum sollte Ashayet sich also seiner annehmen? Mit Yahmose wird es anders sein – er wird genesen, weil Ashayet dafür sorgen wird.«

»Ich muß zugeben, daß deine Worte mich trösten, Henet. Was du sagst, hat Sinn. Wahrhaftig, Yahmose erholt sich mit jedem Tag. Er ist ein guter, treuer Sohn, aber wehe über meinen Ipy! So klug, so schön!« Imhotep stöhnte.

»Ach! Ach!« klagte Henet mitfühlend.

»Dieses verfluchte Weib mit seiner Schönheit! Hätten meine Augen sie doch nie erblickt!«

»Ja, wirklich, teurer Herr. Eine Tochter Seths, fürwahr. Eine Meisterin der bösen Magie, daran ist nicht zu zweifeln.«

Ein Stock stieß auf den Boden, und Esa kam in die Halle gehumpelt. Sie schnaubte verächtlich.

»Besitzt denn niemand in diesem Haus Vernunft? Hast du nichts anderes zu tun, als eine unglückliche Frau zu schmähen, die sich zu Lebzeiten gegen das dumme Betragen der dummen Weiber deiner dummen Söhne wehrte und etwas Bosheit entwickelte?«

»Etwas Bosheit nennst du das, Esa? Wenn mir zwei Söhne gestorben sind und der dritte dahinsieht! Oh, daß meine Mutter so zu mir spricht!«

»Das scheint notwendig zu sein, da du die Tatsachen nicht erkennst. Laß endlich ab von diesem dummen Aberglauben, daß der Geist eines toten Weibes all dieses Übel bewirkt. Es war die Hand eines Lebenden, die Ipys Kopf unter Wasser drückte, so daß er ertrank, und die Hand eines Lebenden hat den Wein vergiftet, den Yahmose und Sobek getrunken haben. Du hast einen Feind, Imhotep, ja, einen Feind hier im Hause. Soviel ist klar; denn seit Renisenb auf Horis Rat die Zubereitung von Yahmoses Speisen überwacht und sie ihm selber bringt, seither, wohlgemerkt, erholt Yahmose sich und wird mit jedem Tag gesünder. Sei kein Tor mehr, Imhotep, hör auf, zu klagen und dir die Haare zu raufen, hör auf mit dem nutzlosen Gejammer, in dem Henet dich auch noch unterstützt . . .«

»O Esa, wie du mich mißverstehst!«

»In dem Henet dich so tatkräftig unterstützt, sage ich, entweder weil sie auch eine Törin ist oder aus irgendeinem anderen Grunde . . .«

»Möge Re dir deine Unfreundlichkeit gegen ein armes, einsames Weib verzeihen!«

Esa sprach weiter, wobei sie ihren Stock nachdrücklich schüttelte: »Nimm dich zusammen, Imhotep, und denke nach. Wir müssen handeln, mein Sohn, sonst gibt es noch mehr Tote.«

»Ein lebender Feind? Ein Feind in diesem Hause? Glaubst du das wirklich, Esa?«

»Natürlich glaube ich das, weil es die einzige Erklärung ist, die Sinn gibt.«

»Aber dann wären wir ja alle in Gefahr?«

»Wir sind auch in Gefahr. Nicht Zauberkräfte und Geisterhände bedrohen uns, sondern eine lebendige Hand, die Wein vergiftet und einen nachts aus dem Dorf heimkehrenden Knaben in den See stößt!«

Imhotep erwiderte gedankenvoll: »Um das zu tun, muß man sehr stark sein.«

»Nicht einmal. Ipy hatte im Dorf viel Bier getrunken. Er war in überschwenglicher, prahlerischer Stimmung. Vielleicht fühlte er sich auf den Füßen nicht sicher, und da er sich vor der Person, die ihn lockte, nicht fürchtete, beugte er sich freiwillig über das Wasser, um sein Gesicht im See zu kühlen. Dann wäre nicht mehr viel Kraft nötig gewesen.«

»Worauf willst du hinaus, Esa? Daß eine Frau es getan hat? Unmöglich! Ach, all das ist unmöglich! Es kann in diesem Haus kein solcher Feind sein, ohne daß ich es wüßte!«

»Es gibt eine Bosheit des Herzens, Imhotep, die sich äußerlich nicht zeigt.«
»Du meinst, daß einer der Diener oder Sklaven . . .«
»Kein Diener und kein Sklave, Imhotep.«
»Einer von uns? Oder sonst Hori oder Kameni? Aber Hori gehört zur Familie; er hat sich als treu und vertrauenswürdig erwiesen. Und Kameni . . . gewiß, er ist ein Fremder, aber er ist unseres Blutes und hat sich sehr diensteifrig gezeigt. Außerdem kam er erst heute morgen zu mir und drängte mich, meine Einwilligung zu seiner Heirat mit Renisenb zu geben.«
»Oh, wirklich?« rief Esa gespannt. »Und was hast du gesagt?«
»Was hätte ich sagen können?« gab Imhotep ärgerlich zurück. »Ich sagte natürlich, daß augenblicklich nicht die richtige Zeit sei, um von Heirat zu reden.«
»Und was meinte er dazu?«
»Er erklärte, seiner Meinung nach sei jetzt genau die richtige Zeit. Er meinte, Renisenb sei in diesem Hause nicht sicher.«
»Das frage ich mich nun auch«, versetzte Esa. »Hori und ich dachten, sie wäre hier sicher. Aber jetzt . . .«
»Kann man eine Hochzeit feiern, wenn Begräbniszeremonien stattfinden?« fuhr Imhotep erregt fort. »Das schickt sich nicht.«
»Die Konvention spielt jetzt keine Rolle. Zumal die Einbalsamierer sich dauernd bei uns aufhalten. Opi und Montu haben gute Zeiten.«
»Sie haben ihre Forderungen um zehn Prozent erhöht!« rief Imhotep, den diese Frage vorübergehend ablenkte.
»Sie sollten uns in Anbetracht der vielen Arbeit, die sie durch uns erhalten, einen Nachlaß gewähren.« Esa lächelte grimmig über ihren Scherz.
Imhotep sah sie entsetzt an.
»Wie kannst du das nur als Spaß auffassen!«
»Das ganze Leben ist ein Spaß, Imhotep, und der Tod lacht zuletzt. Wird nicht bei jedem Fest gerufen: Eßt, trinkt und seid fröhlich, denn morgen werdet ihr sterben? Nun, das

trifft auf uns zu; die Frage ist nur, wer morgen sterben wird.«

»Was du sagst, ist fürchterlich – fürchterlich! Was soll ich nur tun?«

»Trau niemandem«, sagte Esa. »Das ist die Hauptsache.« Sie wiederholte nachdrücklich: »Trau niemandem.«

Henet begann zu schluchzen.

»Warum blickst du mich an? Mir darf man gewiß trauen, das habe ich in all diesen Jahren bewiesen. Hör nicht auf sie, Imhotep!«

»Aber, aber, meine gute Henet, natürlich vertraue ich dir. Dein treues, ergebenes Herz kenne ich gut.«

»Du kennst keinen Menschen«, fiel Esa ein. »Niemand kennt einen andern wirklich. Das eben ist unsere Gefahr.«

»Du hast mich beschuldigt«, jammerte Henet.

»Ich beschuldige niemanden. Ich weiß nichts, und ich kann nichts beweisen – ich kann nur verdächtigen.«

Imhotep hob den Kopf.

»Wen verdächtigst du?«

Esa antwortete langsam: »Drei Menschen habe ich verdächtigt. Ich will ehrlich sein. Zuerst richtete mein Verdacht sich gegen Ipy, aber Ipy ist tot – dieser Verdacht war also falsch. Dann habe ich eine andere Person verdächtigt, aber am Tag von Ipys Tod ist mir ein dritter Gedanke gekommen . . .«

Sie machte eine Pause. Dann fragte sie: »Sind Hori und Kameni im Haus?«

»Ja«, erwiderte Imhotep.

»Laß sie herkommen – ja, und auch Renisenb aus der Küche. Und Kait und Yahmose. Ich habe etwas zu sagen, das alle hören sollen.«

Esa betrachtete die versammelten Familienmitglieder – eines nach dem anderen. Sie begegnete Yahmoses ernstem und freundlichem Blick, Kamenis breitem Lächeln, der erschrokkenen Frage in Renisenbs Augen, Kaits friedlichem Ausdruck, der nicht die geringste Neugier verriet, der ruhigen Undurchdringlichkeit auf Horis nachdenklichem Gesicht, Imhoteps gereizter Furcht, die sich in einem Zucken der

Wangenmuskeln kundtat, und der gierigen Neugier, ja, dem boshaften Vergnügen in Henets Miene.
Sie dachte: Ihre Gesichter sagen nichts. Sie zeigen nur äußerliche Bewegung. Wenn ich mich aber nicht irre, muß es etwas Verräterisches geben.
Laut begann sie. »Ich habe euch allen etwas mitzuteilen, doch zuerst will ich nur zu Henet sprechen, hier vor euch allen.«
Henets Ausdruck änderte sich; Neugier und Vergnügen wichen einem jähen Schrecken. Ihre Stimme erhob sich in schrillem Einspruch.
»Du verdächtigst mich, Esa, ich weiß es! Du willst Anklage erheben gegen mich, und wie soll ich, ein schwaches Weib, mich verteidigen? Ich werde ungehört verurteilt werden!«
»Nicht ungehört«, entgegnete Esa spöttisch, und sie sah Hori lächeln.
Immer erregter fuhr Henet fort: »Ich habe nichts getan, ich bin unschuldig... Imhotep, mein teurer Herr, rette mich!«
Sie warf sich nieder und umklammerte Imhoteps Beine.
Imhotep murmelte verlegen, während er Henet den Kopf tätschelte: »Wirklich, Esa, das ist ungerecht.«
Esa schnitt ihm die Rede kurz ab: »Ich habe keine Anklage erhoben. Ohne Beweise klage ich niemanden an. Henet soll hier nur die Bedeutung von manchen Dingen erklären, die sie geäußert hat.«
»Ich habe nichts gesagt, gar nichts . . .«
»O doch, ich habe es mit eigenen Ohren gehört. Du hast gesagt, du wüßtest etwas von Hori. Was ist es also?«
Hori machte ein leicht erstauntes Gesicht.
»Ja, Henet, laß uns hören, was du von mir weißt.«
Henet hockte sich auf den Boden und wischte sich die Augen. Sie sah finster und trotzig aus.
»Ich weiß nichts. Was sollte ich denn wissen?«
»Das möchten wir eben erfahren«, gab Hori zurück.
Henet zuckte die Schultern.
»Ich habe da nur so dahergeredet. Ich meinte gar nichts.«
Esa mischte sich wieder ein: »Du sagtest, daß wir alle dich

verachten, daß du aber mehr wüßtest über die Dinge, die hier im Hause vor sich gehen, als viele glaubten. Und dann sagtest du, Hori hätte an dir vorbeigeschaut, als ob du überhaupt nicht vorhanden wärst, als ob er hinter dir etwas erblickt hätte.«

»So schaut er immer«, erwiderte Henet finster. »Ich könnte ein Insekt sein, so sieht er mich an.«

»Mir sind deine Worte im Gedächtnis geblieben«, fuhr Esa fort. »Und dann sprachst du von Satipy, ja, von Satipy und ihrer Klugheit, und du sagtest: Und wo ist Satipy jetzt?« Esa blickte ringsum. »Hat das einen Sinn für euch? Denkt an Satipy, die tot ist . . . und bedenkt, daß man einen Menschen ansehen soll, nicht etwas, das nicht da ist.«

Einen Augenblick herrschte tödliches Schweigen, dann stieß Henet einen jähen Entsetzensschrei aus. Zusammenhanglos rief sie: »Ich habe es nicht getan! Rette mich, Herr! Laß es nicht zu . . . Ich habe nichts gesagt, gar nichts!«

Imhoteps aufgespeicherter Zorn machte sich Luft: »Das ist unverzeihlich! Ich will nicht, daß dieses arme Weib beschuldigt und geängstigt wird. Was hast du gegen sie, Esa? Nach deinen eigenen Worten liegt nichts gegen sie vor.«

Yahmose stimmte wie üblich zu: »Mein Vater hat recht. Wenn du wirklich eine Anklage gegen Henet vorzubringen hast, so nenne sie.«

»Ich klage sie nicht an«, sagte Esa langsam. Sie stützte sich auf ihren Stock. Ihre Gestalt schien zusammengesunken zu sein.

Yahmose wandte sich mit Würde an Henet: »Esa beschuldigt dich nicht, das Böse, das uns widerfahren ist, verursacht zu haben, aber wenn ich sie recht verstanden habe, glaubt sie, daß du etwas weißt, das du für dich behältst. Stimmt das, so sprich. Sprich hier vor uns allen. Was weißt du?«

Henet schüttelte den Kopf: »Nichts.«

»Nimm deine Worte in acht, Henet. Wissen ist gefährlich.«

»Ich weiß nichts, ich schwöre es bei den Göttern.«

Henet zitterte. Ihre Stimme hatte nicht mehr den jammernden Ton, sondern klang ehrfurchtsvoll und aufrichtig.

Esa stieß einen tiefen Seufzer aus. Sie sank noch mehr zusammen und murmelte: »Helft mir in mein Zimmer.«
Hori und Renisenb eilten zu ihr.
Esa sagte: »Nicht du, Renisenb. Hori soll mir helfen.«
Sie stützte sich auf ihn, während er sie hinausführte. Als sie zu ihm aufblickte, sah sie, daß seine Miene ernst war.
»Nun, Hori?«
»Du warst unklug, Esa, sehr unklug.«
»Ich mußte es wissen.«
»Ja, aber du hast ein großes Wagnis auf dich genommen.«
»Ich verstehe. Du glaubst also dasselbe?«
»Schon seit einiger Zeit, aber ich habe keinen Beweis.«
»Es genügt, daß ich Bescheid weiß.«
»Nimm dich in acht, Esa. Von jetzt an bist du in Gefahr.«
»Wir müssen schnell handeln.«
»Gewiß, doch was können wir tun? Wir sollten einen Beweis haben.«
»Ich weiß Bescheid. Wenn meine Augen auch nicht mehr gut sind, so haben sie doch gesehen, daß meine Worte einem bestimmten Menschen Eindruck gemacht haben.«

19

Zweiter Monat des Sommers – 15. Tag

»Was hast du dazu zu sagen, Renisenb?«
Renisenb blickte zweifelnd von ihrem Vater zu Yahmose. Sie fühlte sich ganz benommen.
»Ich weiß nicht.«
Tonlos kamen die Worte von ihren Lippen.
»Unter normalen Umständen hätten wir viel Zeit, darüber zu reden«, fuhr Imhotep fort. »Ich habe noch andere Verwandte, und wir könnten wählen und verwerfen, bis wir den passenden Gatten für dich gefunden hätten. So aber ist das Leben unsicher – ja, es ist unsicher.« Seine Stimme bebte. »So stehen die Dinge, der Tod bedroht uns täglich, Yahmose, dich

und mich. Wen wird der nächste Streich treffen? Darum drängt es mich, meine Angelegenheiten in Ordnung zu bringen. Wenn Yahmose etwas zustößt, dann brauchst du, meine Tochter, einen Mann, der dir beisteht, der die Erbschaft mit dir teilt und all die Pflichten erfüllt, die ein Weib nicht zu übernehmen vermag. Denn wer weiß, wann ich euch genommen werde? In meinem Letzten Willen habe ich bestimmt, daß Hori für Sobeks Kinder die Güterschaftsverwaltung übernimmt; wenn Yahmose nicht mehr am Leben ist, auch für Yahmoses Kinder, da Yahmose es so wünscht. Nicht wahr, mein Sohn?«

Yahmose nickte.

»Hori hat mir immer sehr nahegestanden. Er gehört für mich gewissermaßen zur Familie.«

»Ganz recht«, sagte Imhotep. »Aber die Tatsache bleibt, daß er nicht wirklich zur Familie gehört. Kameni aber ist unseren Blutes. Deshalb ist er in Anbetracht der augenblicklichen Lage der geeignetste Gatte für Renisenb. Was meinst du also, Renisenb?«

»Ich weiß nicht«, wiederholte sie. Sie fühlte eine entsetzliche Mattigkeit.

»Er ist schön und wohlgefällig, das gibst du doch zu?«

»O ja.«

»Aber du magst ihn nicht heiraten?« fragte Yahmose.

Renisenb warf ihrem Bruder einen dankbaren Blick zu. Er schien entschlossen zu sein, zu verhindern, daß sie zu einem Schritt gedrängt wurde, den sie nicht zu tun wünschte.

»Ich weiß wirklich nicht, was ich will«, sagte sie und fuhr hastig fort: »Es ist dumm, ich weiß, aber ich kann heute nicht klar denken. Daran ist wohl die Spannung schuld, in der wir uns alle befinden.«

»Wenn Kameni dir zur Seite steht, wirst du dich beschützt fühlen«, entgegnete Imhotep.

Yahmose fragte seinen Vater: »Hast du bedacht, daß auch Hori vielleicht ein geeigneter Gatte für Renisenb wäre?«

»Nun ja, das wäre eine Möglichkeit . . .«

»Sein Weib starb, als er noch jung war. Renisenb kennt ihn und ist ihm zugetan.«

Renisenb saß da wie in einem Traum, indes die beiden Männer redeten. Das Gespräch drehte sich um ihre Heirat, und Yahmose bemühte sich, die Wahl zu treffen, die sie selber wünschte, aber sie kam sich so leblos vor wie Tetis Holzpuppe.

Unvermittelt fiel sie ihnen ins Wort: »Ich werde Kameni heiraten, da ihr das richtig findet.«

Imhotep stieß einen Ruf der Befriedigung aus und eilte davon.

Yahmose trat zu seiner Schwester. Er legte ihr die Hand auf die Schulter.

»Wünschst du dir diese Heirat, Renisenb? Wirst du glücklich werden?«

»Warum sollte ich nicht glücklich werden? Kameni ist schön und fröhlich und gütig.«

»Ich weiß.« Yahmose blickte immer noch unzufrieden und zweifelnd drein. »Es ist wichtig für dich, daß du glücklich wirst, Renisenb. Du darfst dich nicht von meinem Vater zu etwas drängen lassen, das du nicht selber willst. Du kennst ihn doch.«

»O ja, wenn er sich etwas in den Kopf gesetzt hat, müssen wir ihm alle nachgeben.«

»Nicht unbedingt«, erwiderte Yahmose fest. »Ich werde in diesem Falle nicht nachgeben, es sei denn, du wünschst es.«

»Ach, Yahmose, du hast dich noch nie gegen unsern Vater aufgelehnt.«

»Aber ich werde es diesmal tun. Er kann mich nicht zwingen, seine Meinung zu teilen.«

Renisenb betrachtete ihn sehr aufmerksam. Wie entschlossen und bestimmt sein sonst so weiches Gesicht wirkte!

»Du bist so gut zu mir, Yahmose«, sagte sie dankbar. »Aber ich füge mich wirklich keinem Zwang. Das frühere Leben hier, zu dem ich so gern zurückgekehrt bin, das ist vorbei. Kameni und ich werden ein neues Leben aufbauen.«

»Wenn du sicher bist . . .«

»Ich bin sicher«, antwortete Renisenb. Sie lächelte ihm zärtlich zu und ging hinaus.

Sie überquerte den Hof. Am See spielte Kameni mit Teti. Renisenb näherte sich ihnen leise und beobachtete sie. Kameni, fröhlich wie immer, schien an dem Spiel die gleiche Freude zu haben wie das Kind. Renisenbs Herz erwärmte sich für ihn. Sie dachte: Er wird Teti ein guter Vater sein.
Da wandte Kameni den Kopf, gewahrte sie und stand lachend auf.
»Teti ist sehr gescheit«, rief er, »und gesund und schön dazu.«
Seine Augen gingen zwischen Renisenb und der Kleinen hin und her, und der zärtliche Blick verriet seine Gedanken – er dachte an die Kinder, die Renisenb ihm dereinst gebären würde.
Sie lächelte ihn freundlich an.
»Mein Vater hat mit mir gesprochen«, sagte sie.
»Und du willigst ein?«
Sie zauderte ein paar Sekunden, ehe sie antworte: »Ich willige ein.«
Das entscheidende Wort war gefallen. Nun gab es kein Zurück mehr. Sie wünschte, sie würde sich nicht so müde und benommen fühlen.
»Renisenb, magst du mit mir eine Vergnügungsfahrt auf dem Fluß machen? Das wollte ich schon immer mit dir tun.«
Seltsam, daß er gerade das sagte. Zum ersten Mal hatte sie ihn in einem Boot erblickt und an Khays lachendes Gesicht gedacht. Jetzt aber war Khays Gesicht vergessen, und statt dessen lachte Kameni sie an.
»Willst du mit mir zum Fluß kommen, Renisenb?«
»Ja, Kameni, ich komme mit dir.«
»Wir wollen auch Teti mitnehmen.«

Ein Traum, dachte Renisenb – das Boot mit dem Segel, Kameni, sie selbst und Teti. Sie waren dem Tod und der Todesfurcht entronnen. Dies war der Anfang des neuen Lebens.
Dann lenkte Kameni das Boot zum Ufer zurück, vertäute es, und Renisenb betrat wieder festen Boden. Er hob Teti hinaus. Das Kind umklammerte seinen Hals, und dabei riß die

Kette des Amuletts, das er trug, und fiel zu Renisenbs Füßen nieder. Sie hob es auf. Es war ein Ankh-Zeichen aus Elektron und Gold.
Sie stieß einen kleinen Schrei des Bedauerns aus.
»Es ist verbogen. Sei vorsichtig, es kann zerbrechen. Das tut mir leid.«
Kameni nahm das Amulett, aber seine kräftigen Finger verbogen es noch mehr und brachen es absichtlich in zwei Stükke.
»Oh, was hast du getan?«
»Nimm du die eine Hälfte, Renisenb, und ich will die andere nehmen. Es soll ein Zeichen sein – daß wir die Hälften des gleichen Ganzen sind.«
Er hielt ihr das eine Stück hin, und gerade als sie die Hand ausstreckte, um es in Empfang zu nehmen, schoß ihr ein Gedanke durch den Kopf, und sie zog scharf den Atem ein.
»Was ist, Renisenb?«
»Nofret!«
»Was meinst du?«
»Das zerbrochene Amulett in Nofrets Schmuckkästchen! Du hast es ihr gegeben. Du und Nofret ... Jetzt verstehe ich alles. Darum war sie unglücklich. Und nun weiß ich auch, wer das Schmuckkästchen in mein Zimmer gestellt hat. Ich weiß alles. Lüg mich nicht an, Kameni. Ich sage dir, ich weiß Bescheid.«
Kameni widersprach nicht. Er sah sie an, und sein Blick wurde nicht unstet. Als er redete, war sein Ton ernst und kein Lächeln auf seinem Gesicht.
»Ich werde dich nicht anlügen, Renisenb.«
Er wartete eine Weile, runzelte die Brauen ein wenig, als versuchte er seine Gedanken zu ordnen.
»In gewisser Weise bin ich froh, Renisenb, daß du Bescheid weißt. Wenn es sich auch nicht ganz so verhält, wie du denkst.«
»Du hast ihr das zerbrochene Amulett gegeben, wie du es mir gegeben hast, als Zeichen, daß ihr zwei Hälften eines Ganzen seid. So lauteten dein Worte.«
»Du bist erzürnt, Renisenb. Das freut mich, denn es zeigt

mir, daß du mich liebst. Doch gleichwohl muß ich es dir erklären ... Ich habe Nofret das Amulett nicht gegeben. Sie gab es mir ...« Er machte eine Pause und fuhr dann dort: »Vielleicht glaubst du mir nicht, aber es ist wahr. Ich schwöre, daß es wahr ist.«
Renisenb antwortete langsam: »Ich will nicht sagen, daß ich dir nicht glaube. Es mag wohl wahr sein.«
Nofrets dunkles, schwermütiges Antlitz trat vor ihr inneres Auge.
Kameni sprach rasch weiter: »Versuch mich zu verstehen, Renisenb. Nofret war sehr schön. Ich fühlte mich geschmeichelt – wer wäre es nicht gewesen? Aber nie habe ich sie wirklich geliebt.«
Renisenb empfand ein sonderbares Mitleid. Nein, Kameni hatte Nofret nicht geliebt, aber Nofret hatte ihn geliebt, hatte ihn verzweifelt und bitterlich geliebt. Gerade an dieser Stelle des Nilufers hatte sie an jenem Morgen mit Nofret gesprochen und ihr ihre Freundschaft angeboten. Sie erinnerte sich nur allzugut an den sprühenden Haß, der ihr von der unglücklichen Nofret entgegengeschlagen war. Jetzt erkannte sie die Ursache. Arme Nofret, das Weib eines ältlichen Mannes, während ihr Herz sich verzehrte vor Liebe zu einem fröhlichen, schönen, jungen Manne, der sich nur wenig oder gar nichts aus ihr machte.
Kameni fuhr eindringlich fort: »Verstehst du nicht, Renisenb, daß ich dich, kaum daß ich herkam, liebte? Daß ich von dem Augenblick an, da ich dich sah, an keine andere Frau mehr dachte? Nofret durchschaute es sofort.«
Ja, dachte Renisenb, Nofret hatte es durchschaut. Nofret hatte sie deswegen gehaßt, und Renisenb konnte ihr daraus keinen Vorwurf machen.
»Ich wollte nicht einmal den Brief an deinen Vater schreiben. Ich mochte mit Nofrets Plänen nichts mehr zu tun haben. Aber es war schwierig – du mußt einsehen, daß es schwierig war für mich.«
»Ja, ja«, erwiderte sie ungeduldig. »All das spielt keine Rolle. Wichtig ist nur Nofret. Sie war sehr unglücklich. Sie hat dich sehr geliebt, glaube ich.«

»Nun, ich habe sie nicht geliebt.«
»Du bist grausam, Kameni.«
»Nein, ich bin ein Mann, weiter nichts. Wenn eine Frau meinetwegen unglücklich wird, so langweilt mich das. Ich begehrte Nofret nicht. Ich begehrte dich. O Renisenb, du kannst mir deshalb doch nicht böse sein!«
Wider Willen mußte sie lächeln.
»Laß die tote Nofret nicht Zwietracht säen zwischen uns. Ich liebe dich, Renisenb, und du liebst mich, und alles andere zählt nicht.«
Ja, dachte Renisenb, sonst zählte nichts.
Sie betrachtete Kameni, der sie mit flehender Miene anblickte. Er sah sehr jung aus.
Renisenb dachte: Er hat recht. Nofret ist tot, und wir leben. Ich verstehe jetzt ihren Haß auf mich, und es tut mir leid, daß sie gelitten hat, aber meine Schuld war es nicht. Und Kamenis Schuld war es auch nicht, daß er mich liebte und nicht sie. So geht es zu auf der Welt.
Teti, die am Ufer gespielt hatte, kam herbei und ergriff Renisenbs Hand.
»Gehen wir nicht heim, Mutter?«
Renisenb stieß einen tiefen Seufzer aus.
»Doch, wir wollen heimgehen.« Sie gingen zum Haus; Teti lief voraus. Kameni seufzte erleichtert auf.
»Du bist so großmütig, Renisenb, ebenso großmütig wie bezaubernd. Es ist alles wieder gut, nicht wahr?«
»Ja, Kameni, es ist alles wieder gut.«

Renisenb rief Henet in ihr Zimmer.
Henet, die herbeigeeilt kam, hielt jählings in ihrem Lauf inne, als sie Renisenb bei dem geöffneten Schmuckkästchen mit dem zerbrochenen Amulett in der Hand stehen sah. Renisenbs Gesicht war ernst und zornig.
»Du hast dieses Schmuckkästchen in mein Zimmer gestellt, nicht wahr, Henet? Du wolltest, daß ich das Amulett finde. Du wolltest, daß ich eines Tages entdecke, wer die andere Hälfte hat.«
»Ich sehe, du hast es entdeckt. Nun, es ist immer gut, Be-

scheid zu wissen, meinst du nicht auch, Renisenb?« Henet lachte spöttisch.
»Du wolltest, daß das Wissen mir weh tut«, sagte Renisenb, immer noch zornig. »Du siehst es gern, wenn die Menschen leiden, wie, Henet? Du sprichst nie geradeheraus. Du wartest und wartest, bis der geeignete Augenblick kommt. Du hassest uns alle, nicht wahr? Du hast uns von jeher gehaßt.«
»Was du da redest, Renisenb! Das ist sicher nicht dein Ernst!«
Aber jetzt hatte Henets Stimme nichts Klagendes; es schwang statt dessen schlaues Frohlocken darin.
»Du wolltest zwischen Kameni und mir Unfrieden stiften. Nun, das ist dir nicht gelungen.«
»Du wirst mir gewiß verzeihen, Renisenb. Du bist ganz anders als Nofret.«
»Laß uns nicht von Nofret sprechen.«
»Du hast recht, besser nicht. Kameni ist schön, und er hat Glück, findest du nicht auch? Ich meine, er hatte Glück, daß Notfret gestorben ist. Sie hätte ihm übel mitspielen können. Sie wäre mit deiner Heirat nicht einverstanden gewesen. Ich glaube sogar, sie hätte Mittel und Wege gefunden, diese Heirat unter allen Umständen zu verhindern.«
Renisenb sah sie mit kalter Abneigung an.
»Du hattest seit jeher eine giftige Zunge, Henet. Sie sticht wie ein Skorpion. Aber du kannst mich nicht unglücklich machen.«
»Oh, das ist doch herrlich! Du mußt sehr verliebt sein. Ja, Kameni ist ein schöner junger Mann, und er versteht sich darauf, Liebeslieder zu singen. Er hat stets bekommen, was er haben wollte. Wirklich, ich bewundere ihn. Er macht immer einen so schlichten und offenen Eindruck.«
»Worauf willst du hinaus, Henet?«
»Ich sage nur, daß ich Kameni bewundere. Das Ganze ist wie eine der Geschichten, die man in den Basaren von den Geschichtenerzählern hört. Der arme junge Schreiber heiratet die Tochter des Herrn und teilt mit ihr die Erbschaft. Wunderbar, was für ein Glück ein schöner junger Mann immer hat!«

»Ich habe recht«, bemerkte Renisenb, »du hassest uns.«
»Wie kannst du so etwas sagen, wo du doch weißt, daß ich mich seit dem Tode deiner Mutter für euch alle abgerackert habe?«
Aber immer noch enthielt Henets Stimme das böse Frohlokken statt des üblichen Klagetons.
Renisenb blickte auf das Schmuckkästchen nieder, und mit einem Mal kam ihr noch eine Gewißheit.
»Du hast auch das goldene Löwenhalsband in dieses Kästchen gelegt. Leugne es nicht, Henet, ich weiß es.«
Henets Frohlocken schwand. Sie sah plötzlich erschrocken aus.
»Ich konnte nicht anders, Renisenb. Ich fürchtete mich . . .«
»Wovor denn?«
Henet trat einen Schritt näher und senkte die Stimme.
»Nofret schenkte es mir kurz vor ihrem Tod. Ich erhielt mehrere Geschenke von ihr. Nofret war sehr freigebig.«
»Sie hat dich also gut bezahlt.«
»Das ist keine liebenswürdige Ausdrucksweise, Renisenb. Aber ich will dir die Wahrheit sagen. Sie schenkte mir das goldene Löwenhalsband, eine Amethystspange und ein paar andere Sachen. Und als dann der Viehhirte erzählte, er hätte eine Frau mit dem Halsband gesehen, bekam ich Angst. Ich befürchtete, man könnte denken, daß ich den Wein vergiftet habe. Deshalb legte ich das Halsband in das Kästchen.«
»Ist das wirklich wahr, Henet? Sprichst du überhaupt jemals die Wahrheit?«
»Ich schwöre dir, es ist die Wahrheit. Und ich habe auch jetzt noch Angst.«
»Warum? Sag es mir.«
Henet befeuchtete sich die dünnen Lippen. Ihre Augen waren wie die eines gehetzten Tieres.
»Ich habe nichts zu sagen.«
»Du weißt zuviel, Henet. Du hast schon immer zuviel gewußt. Das hat dir Freude gemacht, aber es ist auch gefährlich.«
Henet lachte böse.

»Wart's nur ab, Renisenb. Eines Tages werde ich die Macht in diesem Hause haben. Wart's nur ab.«
Renisenb richtete sich auf.
»Mir wirst du kein Leid antun, Henet. Meine Mutter würde es nicht zulassen.«
Henets Gesichtsausdruck veränderte sich; ihre Augen brannten.
»Deine Mutter habe ich gehaßt – von jeher. Und du hast ihre Augen, ihre Simme, ihre Schönheit und ihren Hochmut. Ich hasse auch dich, Renisenb.«
Renisenb lachte.
»Endlich hab ich es geschafft, daß du die Wahrheit sagst.«

20

Zweiter Monat des Sommers – 15. Tag

Die alte Esa humpelte müde in ihr Zimmer.
Bis jetzt hatte sie nur körperliche Müdigkeit gekannt, doch nun mußte sie sich eingestehen, daß auch seelische Müdigkeit sie ergriffen hatte.
Sie wußte, daß sie einen Beweis für ihre Vermutungen finden mußte, doch sie brachte nur noch die Kraft auf, auf der Hut zu sein und sich zu schützen. Denn der Mörder – darüber gab sie sich keinerlei Illusionen hin – war bereit, einen weiteren Mord zu begehen.
Nun, sie mochte nicht das nächste Opfer sein. Sie war überzeugt, daß die Waffe Gift sein würde. Ein Überfall kam nicht in Frage, weil sie nie allein, sondern stets von Dienern umgeben war. Oh, gegen Gift wußte sie sich zu wappnen. Renisenb mußte ihr die Speisen kochen und bringen. In ihrem Zimmer stand ein Weinkrug im Ständer, aber sie trank den Wein erst, nachdem ein Sklave davon gekostet und sie vierundzwanzig Stunden gewartet hatte, um sich zu vergewissern, daß er keine schlimme Wirkung ausübte. Sie

ließ Renisenb an ihren Mahlzeiten teilnehmen, obwohl sie vorläufig für Renisenb noch nicht fürchtete. Möglich, daß man für Renisenb überhaupt nicht zu fürchten brauchte. Aber dessen konnte man nicht sicher sein.
An diesem Abend fühlte sie sich besonders müde. Sie hatte mit Imhotep die Frage von Renisenbs Wiederverheiratung besprochen. Imhotep war nur noch ein Schatten seiner selbst. Er hatte sein großspuriges Auftreten abgelegt und verließ sich auf den starken Willen und die Entschlossenheit seiner Mutter.
Was Esa betraf, so hatte sie Angst gehabt, etwas Verkehrtes zu äußern. Menschenleben konnten von einem falsch gewählten Wort abhängen.
Ja, sagte sie endlich, der Gedanke einer Heirat war gut. Und es blieb keine Zeit, unter hervorragenderen Familienmitgliedern einen Gatten zu suchen. Schließlich war die weibliche Linie entscheidend, der Gatte würde nur die Renisenb und ihren Kindern zufallende Erbschaft verwalten.
Deshalb handelte es sich um die Wahl zwischen Hori, der, Sohn eines kleinen benachbarten Landeigentümers, seine Lauterkeit und freundschaftlichen Gefühle bewiesen hatte, und dem jungen Kameni, dessen Anrecht sich auf seine Verwandtschaft mit der Familie gründete.
Esa überlegte ihre Antwort sorgfältig. Jetzt ein verkehrtes Wort, und Unheil konnte hereinbrechen.
Dann brachte sie ihre Entscheidung mit der ganzen Kraft ihrer beeindruckenden Persönlichkeit vor: Kameni sei zweifellos der richtige Gatte für Renisenb. Die infolge der kürzlichen Todesfälle sehr einfachen Hochzeitsfeierlichkeiten könnten in einer Woche stattfinden. Natürlich vorausgesetzt, daß Renisenb einwilligte. Kameni sei ein schöner, junger Mann, sie würden gesunde Kinder bekommen. Überdies liebten die beiden sich.
Nun, dachte Esa, mußte man sehen, wie das Spiel lief, sie jedenfalls hatte ihren Zug getan.
Argwöhnisch blickte sie um sich, als sie ihr Zimmer betrat. Vor allem untersuchte sie den Weinkrug. Er war bedeckt und versiegelt, wie sie ihn verlassen hatte. Sie versiegelte ihn

stets, ehe sie ihr Zimmer verließ, und das Petschaft hing sicher an ihrem Hals.
Sie rief ihre kleine Sklavin.
»Weißt du, wo Hori ist?«
Das Mädchen antwortete, Hori sei oben beim Grab in der Felsenkammer.
Esa nickte befriedigt.
»Geh zu ihm hinauf. Sag ihm, daß er morgen früh, wenn Imhotep, Yahmose und Kameni auf dem Feld sind, um die Ernte zu begutachten, und Kait mit den Kindern zum See gegangen ist, zu mir kommen soll. Hast du verstanden? Wiederhole.«
Die kleine Sklavin tat, wie geheißen, dann ging sie, die Botschaft zu überbringen.
Ja, ihr Plan war gut. Die Beratung mit Hori würde im geheimen stattfinden; denn Henet wollte sie mit einem Auftrag zum Webhaus senden. Esa gedachte Hori vor dem Kommenden zu warnen und offen mit ihm zu reden.
Als das Mädchen mit dem Bescheid zurückkehrte, daß Hori zur verabredeten Zeit erscheinen würde, stieß Esa einen Seufzer der Erleichterung aus.
Nachdem alle diese Dinge erledigt waren, überschwemmte die Müdigkeit sie gleich einer Flut. Sie befahl der Sklavin, ihr das Gefäß mit der wohlriechenden Salbe zu bringen und sie zu massieren.
Die Behandlung tat ihr gut; sie streckte sich schließlich aus, ließ den Kopf auf der Holzstütze ruhen und schlief, von allen Befürchtungen befreit, ruhig ein.
Sie erwachte einige Stunden später mit einem seltsamen Kältegefühl. Ihre Füße, ihre Hände waren stumpf und tot. Es war, als zöge sich ihr ganzer Körper zusammen. Sie merkte, wie ihr Denkvermögen, ihr Wille gelähmt wurden und wie ihr Herzschlag sich verlangsamte.
Sie dachte: Das ist der Tod . . . so sterben alte Menschen.
Doch dann wußte sie es plötzlich genau. Dies war kein natürlicher Tod! Dies war der Feind, der aus dem Dunkel zuschlug.
Gift . . .

Aber wie? Wann? Was sie gegessen, was sie getrunken hatte, alles war gekostet worden ... es war ihr kein Fehler unterlaufen.
Wie also? Wann?
Mit ihrem letzten Denkvermögen versuchte Esa das Rätsel zu lösen. Sie mußte es wissen, mußte, ehe sie starb.
Sie fühlte den Druck auf ihr Herz stärker werden, fühlte die tödliche Kälte und den Schmerz beim Atmen.
Wie hatte der Feind das fertiggebracht?
Und jählings wie ein Blitz kam ihr die Erkenntnis. Vor langer, langer Zeit hatte ihr Vater einen Versuch gemacht, um zu beweisen, daß Gift durch die Haut in den Körper dringen konnte; ein Schaf war geschoren und mit Salben eingerieben worden. Auf diese Weise hatte der Feind sie erreicht. Ihr Gefäß mit der wohlriechenden Salbe, die jede Ägypterin benützte. Darin war das Gift gewesen ...
Und morgen konnte sie nicht mit Hori sprechen, konnte ihm nicht mitteilen, was sie wußte. Es war zu spät ...

Am nächsten Morgen lief die erschrockene kleine Sklavin durchs Haus und schrie, ihre Herrin sei im Schlaf gestorben.
Imhotep blickte auf die tote Esa nieder. Sein Gesicht trug einen bekümmerten, doch keinen argwöhnischen Ausdruck.
»Sie war alt«, sagte er, »sie ist eines natürlichen Todes gestorben. Es war zweifellos Zeit für sie, zu Osiris zu gehen, und all die Kümmernisse haben ihr Ende beschleunigt. Aber es scheint recht friedlich gewesen zu sein. Re hat sich ihrer erbarmt, so daß weder Menschen noch böse Geister ihren Tod verursacht haben. Hier ist kein Zeichen einer Gewalttat. Schaut, wie friedlich sie aussieht.«
Renisenb weinte, und Yahmose tröstete sie. Henet schüttelte seufzend den Kopf und jammerte, welch einen Verlust sie erlitten habe und wie ergeben sie der Toten stets gewesen sei. Kameni sang nicht mehr, sondern setzte eine schickliche Trauermiene auf.
Hori kam und betrachtete die Tote. Es war die Stunde, zu der

sie ihn zu sich bestellt hatte. Er fragte sich, was sie ihm wohl hatte mitteilen wollen.
Es mußte etwas Entscheidendes gewesen sein.
Jetzt würde er es niemals mehr erfahren.
Aber er glaubte es erraten zu können . . .

21

Zweiter Monat des Sommers – 16. Tag

»Hori, ist sie ermordet worden?«
»Ich glaube, ja, Renisenb.«
»Aber wie?«
»Das weiß ich nicht.«
»Sie war doch so vorsichtig, war immer auf der Hut. Alle ihre Speisen und Getränke wurden erst gekostet.«
»Ich weiß, Renisenb. Trotzdem glaube ich, daß sie umgebracht worden ist.«
»Und sie war die Klügste von uns! Hori, es muß ein Zauber sein, der Zauber böser, rächender Geister.«
»Das glaubst du, weil es am leichtesten zu glauben ist. So sind die Menschen. Esa wußte, daß es das Werk eines Lebenden war.«
»Und sie wußte, um wen es sich handelt?«
»Ja. Sie hat ihren Verdacht zu offen gezeigt. Sie wurde gefährlich für den Feind. Die Tatsache, daß sie gestorben ist, beweist, daß ihr Verdacht zutreffend war.«
»Und hat sie dir gesagt, wen sie verdächtigte?«
»Nein«, entgegnete Hori. »Sie hat nie einen Namen genannt. Gleichwohl bin ich überzeugt, daß sie dieselben Gedanken hegte wie ich.«
»Dann mußt du es mir sagen, Hori, damit ich mich in acht nehmen kann.«
»Nein, Renisenb, deine Sicherheit liegt mir zu sehr am Herzen, als daß ich das tun würde.«
»Droht mir denn keine Gefahr?«

Über Horis Gesicht fiel ein Schatten.
»Es droht allen Gefahr, niemand ist sicher. Aber es droht dir viel weniger Gefahr, wenn du die Wahrheit nicht weißt.«
»Und wie steht es mit dir, Hori? Du weißt doch Bescheid.«
»Ich glaube Bescheid zu wissen«, verbesserte er sie. »Aber ich habe nichts gesagt und nichts durchblicken lassen. Esa war unklug; sie sprach geradeheraus. Sie zeigte, in welche Richtung ihre Gedanken sich bewegten. Das hätte sie nicht tun sollen.«
»Aber du, Hori . . . wenn dir etwas zustößt . . .«
Sie hielt inne, weil Hori sie ernst und durchdringend ansah, als wollte er mit dem Blick bis zu ihrem Herzen dringen. Er ergriff ihre Hände.
»Hab keine Angst um mich, kleine Renisenb. Alles wird gut werden.«
Ja, dachte sie, wenn er das sagt, dann stimmt es. Seltsam, wie sicher sie sich in seiner Nähe fühlte, wie friedvoll und glücklich. Da gab es keine Ansprüche und keine Forderungen.
Unvermittelt sagte sie fast grob: »Ich werde Kameni heiraten.«
Ruhig ließ Hori ihre Hände los.
»Ich weiß.«
»Mein Vater hält es für das beste.«
»Ich weiß.«
Er entfernte sich.
Die Hofmauern schienen zusammenzurücken, die Stimmen im Haus und in den Kornspeichern klangen lauter als gewöhnlich.
Renisenb hatte nur einen Gedanken: Hori geht . . . Zaghaft rief sie ihm nach: »Hori, wohin gehst du?«
»Auf die Felder mit Yahmose. Wir haben viel zu tun. Bald ist Erntezeit.«
»Und Kameni?«
»Kameni kommt mit uns.«
»Ich fürchte mich hier. Ja, sogar bei Tage, obwohl ringsum die Diener sind und Re über den Himmel segelt – trotzdem fürchte ich mich.«
Er kehrte rasch zurück.

»Fürchte dich nicht, Renisenb. Ich schwöre dir, daß du keine Angst zu haben brauchst. Heute nicht.«
»Aber morgen?«
»Der heutige Tag genügt und muß erst erlebt werden. Und ich schwöre dir, daß dir heute keine Gefahr droht.«
Renisenb sah ihn an und runzelte die Brauen.
»Es droht uns also Gefahr? Yahmose, meinem Vater und mir? Ich bin nicht die erste, die in Gefahr ist, meinst du das?«
»Schlag dir diese Gedanken aus dem Kopf, Renisenb. Ich tue alles, was in meinen Kräften steht, wenn es dir auch scheinen mag, als ob ich nichts tue.«
»Ich verstehe.« Sie betrachtete ihn nachdenklich. »Yahmose wird also der erste sein. Zweimal hat der Feind es erfolglos mit Gift versucht. Er wird es ein drittes Mal versuchen. Darum willst du in seiner Nähe bleiben – um ihn zu beschützen. Und danach werden mein Vater und ich an die Reihe kommen. Wer ist es, der uns so sehr haßt, daß er . . .«
»Sei still. Du tätest gut daran, von diesen Dingen nicht zu reden. Sieh zu, daß du die Furcht bannst.«
Renisenb warf den Kopf zurück und blickte ihn stolz an.
»Ich vertraue dir, Hori. Du wirst mich nicht sterben lassen . . . Ich liebe das Leben sehr und möchte es nicht verlieren.«
»Du wirst es nicht verlieren, Renisenb.«
»Du auch nicht, Hori.«
»Ich auch nicht.«
Sie lächelten einander zu, und dann ging Hori von dannen, um Yahmose zu suchen.

Renisenb kauerte am Boden und sah Kait zu.
Kait half den Kindern, aus Lehm Spielzeug zu formen, wobei sie das Wasser des Sees benutzte. Ihre Finger waren eifrig tätig, und ihre Stimme ermunterte die beiden kleinen ernsten Knaben bei ihrer Arbeit. Kaits Gesicht zeigte den gleichen nichtssagenden Ausdruck wie immer. Sie schien von der Spannung, die in der Luft lag, nichts zu spüren.

Hori hatte Renisenb geraten, nicht mehr zu grübeln, aber sie konnte nichts dagegen tun, ihre Gedanken kreisten immer wieder um das Rätsel, wer der Feind sein mochte, den Esa erkannt hatte – ob sie wollte oder nicht.
»Was ist los mit dir, Renisenb?« fragte Kait unvermittelt. »Du machst ein so merkwürdiges Gesicht.«
Renisenb stand rasch auf.
»Mir ist, als würde mir übel.«
In gewissem Sinn stimmte das. Die Gedanken, die Renisenb bewegten, bereiteten ihr Übelkeit.
Doch Kait nahm ihre Antwort wörtlich.
»Du hast zu viele grüne Datteln gegessen. Oder vielleicht war der Fisch nicht mehr gut.«
»Nein, nein, das ist es nicht. Es sind die entsetzlichen Ereignisse, die wir erleben.«
»Ach so.«
Kaits Stimme klang gleichgültig, daß Renisenb sie anstarrte.
»Hast du denn gar keine Angst, Kait?«
»Nein, ich glaube nicht.« Kait überlegte. »Wenn Imhotep etwas zustößt, wird Hori die Kinder beschützen. Hori ist ehrlich. Er wird über meine Erbschaft wachen.«
»Das wäre Yahmoses Amt.«
»Yahmose wird auch sterben.«
»Kait, du sagst das so ruhig! Wäre es dir denn gleichgültig, wenn mein Vater und Yahmose sterben würden?«
Kait überlegte abermals eine Weile. Dann zuckte sie die Schultern.
»Laß uns offen sein. Imhotep habe ich von jeher tyrannisch und ungerecht gefunden. Als er wieder ein Weib hatte, benahm er sich empörend. Er ließ sich von Nofret überreden, sein eigen Fleich und Blut zu enterben. Ich habe Imhotep nie geliebt. Was Yahmose anbelangt, so ist er eine Null. Satipy hat ihn in jeder Weise beherrscht. Seit ihrem Tod gibt er sich neuerdings Würde und erteilt Befehle. Er würde seine Kinder den meinen stets vorziehen – das ist ganz natürlich. Wenn er also sterben muß, so ist das für meine Kinder nur von Vorteil – so sehe ich das. Hori hat keine Kinder, und er

ist gerecht. Alle diese Geschehnisse waren sehr betrüblich, aber vor kurzem ist mir aufgegangen, daß sie eigentlich auch was Gutes haben.«
»Daß du so ruhig und kalt reden kannst, Kait. Wo doch dein eigener Gatte, den du liebtest, als erster getötet wurde!«
Ein unerklärlicher Ausdruck glitt über Kaits Antlitz. Sie bedachte Renisenb mit einem Blick, der einen gewissen zornigen Spott zu enthalten schien.
»Manchmal bist du wie ein Kind, Renisenb.«
»Du trauerst nicht um Sobek«, sagte Renisenb langsam. »Ich habe es bemerkt.«
»Ich habe allen Pflichten Genüge getan. Ich weiß, was eine Witwe zu tun hat.«
»Ja, das wohl. Das heißt also, daß du Sobek nicht geliebt hast?«
Kait zuckte die Schultern.
»Warum hätte ich ihn lieben sollen?«
»Kait! Es war dein Gatte. Du hast Kinder von ihm.«
Kaits Miene wurde weicher. Sie blickte auf die beiden kleinen Knaben nieder, die mit dem Lehm beschäftigt waren, dann auf Ankh, die sich hin und her wiegte und sang.
»Ja, ich habe Kinder von ihm. Dafür bin ich ihm dankbar. Aber was war er schließlich? Ein schöner Tunichtgut, ein Mann, der immer andere Weiber aufsuchte, der in übelbeleumdete Häuser ging, wo er Kupfer und Gold ausgab, wo er auch trank und die kostspieligsten Tanzmädchen anforderte. Zum Glück hielt Imhotep ihn kurz und ließ ihn keine Entscheidungen über das Besitztum treffen. Wie könnte ich für einen solchen Mann Liebe und Achtung aufbringen? Und wozu taugen Männer überhaupt? Sie sind notwendig, um Kinder zu zeugen, weiter nichts. Was die Männer betrifft, sie sollen nur zeugen und früh sterben . . .«
Zorn und Verachtung ließen Kaits Stimme metallisch klingen. Ihr starkes, nicht sonderlich schönes Gesicht war wie verwandelt.
Renisenb dachte bestürzt: Kait ist voller Kraft. Wenn sie wirklich dumm ist, so ist es eine Dummheit, die sich selbst genügt. Sie haßt und verachtet die Männer. Ja, Kait ist stark . . .

In Gedanken versunken ließ Renisenb den Blick auf Kaits Hände fallen – kräftige, sehnige Hände, die den Lehm kneteten. Und sie mußte daran denken, daß eine kräftige Hand Ipys Kopf unter das Wasser gedrückt hatte ...

»Yahmose, nimm dich vor Kait in acht.«
»Vor Kait?« Yahmose zeigte großes Erstaunen. »Meine liebe Renisenb ...«
»Ich sage dir, sie ist gefährlich.«
»Unsere stille Kait? Sie war jeher ein schwaches, unterwürfiges Weib, nicht sehr gescheit ...«
Renisenb unterbrach ihn: »Sie ist weder schwach noch unterwürfig. Ich fürchte mich vor ihr. Ich bitte dich, sei auf der Hut.«
»Vor Kait?« Er war immer noch ungläubig. »Ich kann mir kaum vorstellen, daß Kait ringsum Verderben sät. Dazu fehlt es ihr an Verstand.«
»Ich finde nicht, daß der Verstand dabei eine Rolle spielt. Man muß über Gifte Bescheid wissen, mehr ist nicht nötig. Und es ist dir wohlbekannt, daß bestimmte Familien ein solches Wissen haben. Es vererbt sich von der Mutter auf die Tochter. Sie brauen die Getränke aus den starken Kräutern selbst. Eine solche Kenntnis könnte Kait leicht haben. Sie braut Tränke, wenigstens für ihre Kinder, wenn sie krank sind.«
»Ja, das ist wahr«, sagte Yahmose nachdenklich.
»Auch Henet ist ein böses Weib«, fuhr Renisenb fort.
»Henet, ja. Wir haben sie nie geliebt. Wenn mein Vater sie nicht so schätzen würde ...«
»Unser Vater täuscht sich in ihr«, sagte Renisenb.
»Das mag wohl sein.« In sachlichem Ton fügte Yahmose hinzu: »Sie schmeichelt ihm.«
Renisenb sah ihn einen Augenblick überrascht an. Zum ersten Mal hörte sie Yahmose einen Satz äußern, mit dem er Kritik an Imhotep übte. Es hatte immer so ausgesehen, als erstürbe er in Ehrfurcht vor seinem Vater.
Aber jetzt, das wurde ihr klar, ergriff Yahmose allmählich die Führung. Imhotep war in den letzten Wochen um Jahre geal-

tert. Er war außerstande, Befehle zu erteilen und Entscheidungen zu treffen. Auch seine körperliche Tatkraft schien wie gelähmt. Stundenlang starrte er geistesabwesend vor sich hin. Manchmal hörte er nicht einmal, was man zu ihm sagte.
»Glaubst du, daß sie . . .« Renisenb brach ab und schaute um sich. »Glaubst du, daß sie es ist . . .?«
Yahmose packte sie am Arm.
»Schweig, Renisenb. Diese Dinge bleiben besser ungesagt. Nicht einmal im Flüsterton darf man darüber reden.«
»Dann glaubst du also . . .«
Yahmose fiel sanft, aber eindringlich ein: »Sag jetzt nichts. Wir haben Pläne.«

22

Zweiter Monat des Sommers – 17. Tag

Am folgenden Tag wurde das Fest des jungen Mondes gefeiert. Imhotep war gezwungen, zum Grab hinaufzugehen und die Opfer darzubringen. Yahmose bat seinen Vater, es diesmal ihm zu überlassen; aber Imhotep zeigte sich eigensinnig. Mit einem schwachen Abglanz seines früheren Hochmuts entgegnete er: »Wie kann ich sicher sein, daß alles richtig gemacht wird, wenn ich es nicht selber besorge? Hab ich jemals meine Pflicht vernachlässigt? Hab ich nicht euch alle erhalten, auch ernährt . . .«
Seine Stimme erstarb. Dann stöhnte er: »Ach, ich vergaß. Meine beiden Söhne sind von mir gegangen. Ihr beide, Yahmose und Renisenb, ihr seid mir geblieben. Aber wie lange noch, wie lange . . .«
»Noch viele Jahre hoffentlich«, sagte Yahmose.
Er sprach ziemlich laut wie zu einem Schwerhörigen.
»Wie? Was?« Imhotep schien tief in Gedanken versunken. Er sagte unvermittelt: »Es hängt von Henet ab, nicht wahr? Ja, es hängt von Henet ab.«

Yahmose und Renisenb wechselten einen Blick.
»Ich verstehe dich nicht, Vater«, warf Renisenb ein.
Nachdrücklich sagte Imhotep. »Henet versteht mich. Sie hat mich immer verstanden. Sie weiß, wie groß ihre Verantwortung ist. Und immer hat sie nur Undank geerntet. Stets war sie bescheiden und demütig. Sie soll belohnt werden.« Er richtete sich auf und fügte würdevoll hinzu: »Hör mich an, Yahmose. Henet soll alles haben, was sie wünscht. Ihre Befehle sind zu befolgen!«
»Aber warum dies, Vater?«
»Weil ich es sage. Weil es keine Todesfälle mehr geben wird, wenn Henets Wünsche erfüllt werden.«
Er nickte weise mit dem Kopf und ging von dannen. Yahmose und Renisenb blickten einander erstaunt und bestürzt an.
»Was bedeutet das, Yahmose?«
»Ich ahne es nicht. Bisweilen dünkt es mich, mein Vater weiß nicht, was er spricht oder tut . . .«
»Aber Henet weiß meiner Meinung nach recht gut, was sie spricht und tut. Erst kürzlich sagte sie zu mir, daß sie die Macht in diesem Hause haben würde.«
Sie sahen sich an. Dann legte Yahmose seiner Schwester die Hand auf den Arm.
»Erzürne sie nicht. Du zeigst deine Gefühle zu unverhüllt, Renisenb. Hast du gehört, was mein Vater sagte? Es wird keine Todesfälle mehr geben, wenn Henets Wünsche erfüllt werden . . .«

Henet kauerte im Wäscheraum und zählte Linnentücher. Es war altes Linnen, und sie hielt das Zeichen an der Ecke des einen Lakens näher an die Augen.
»Ashayet«, murmelte sie. »Ashayets Linnentücher. Eingezeichnet mit dem Jahr, in dem sie herkam . . . zusammen mit mir . . . Das ist lange her. Ob du wohl weißt, wofür die Linnentücher jetzt benutzt werden, Ashayet?«
Mitten im Gekicher brach sie ab und zuckte zusammen, weil hinter ihr ein Geräusch ertönte. Sie blickte über die Schulter.

Es war Yahmose.
»Was tust du da, Henet?«
»Die Einbalsamierer brauchen noch mehr Tücher. Ganze Stöße haben sie schon verbraucht. Es ist entsetzlich, wie viele Linnentücher diese Begräbnisse verschlingen! Wir müssen diese alten verwenden. Sie sind gut und noch nicht abgenutzt. Das Linnen deiner Mutter, Yahmose, das Linnen deiner Mutter ...«
»Wer hat gesagt, daß du es nehmen darfst?«
Henet lachte.
»Imhotep hat mir freie Hand gegeben. Ich brauche nicht mehr zu fragen. Er vertraut der alten Henet. Er weiß, daß sie für alles richtig sorgen wird. Seit langer Zeit sorge ich für das meiste in diesem Hause. Ich glaube, jetzt werde ich meine Belohnung erhalten!«
»Es sieht so aus, Henet.« Yahmoses Ton war milde. »Mein Vater sagte, daß alles von dir abhängt.«
»Wirklich? Oh, das ist schön zu hören. Aber vielleicht bist du nicht dieser Ansicht, Yahmose?«
»Nun, ich bin nicht ganz sicher.« Immer noch war sein Ton milde, aber er beobachtete sie scharf.
»Du würdest wohl besser einer Meinung mit deinem Vater sein, Yahmose. Wir wollen doch keine ... Unannehmlichkeiten mehr, nicht wahr?«
»Ich verstehe nicht recht. Meinst du, wir wollen keine Todesfälle mehr?«
»Es wird noch mehr geben, Yahmose. O ja ...«
»Wer wird als nächster sterben, Henet?«
»Wie kommst du darauf, daß ich das weiß?«
»Weil ich glaube, daß du sehr viel weißt. Du wußtest zum Beispiel, daß Ipy sterben würde. Du bist sehr klug, Henet.«
Sie warf den Kopf zurück.
»Das wird dir also endlich klar! Ich bin nicht mehr die arme, dumme Henet. Ich weiß Bescheid.«
»Was weißt du denn, Henet?«
Henets Ton änderte sich; er wurde scharf.
»Ich weiß zumindest, daß ich in diesem Hause tun kann, was

mir beliebt. Niemand wird mich mehr zurückhalten. Imhotep stützt sich auf mich. Und du wirst das auch tun, wie, Yahmose?«
»Und Renisenb?«
Henet lachte böse.
»Renisenb wird fort sein.«
»Glaubst du, daß Renisenb die nächste sein wird?«
»Vielleicht meinte ich nur, daß Renisenb heiraten und fortziehen wird.«
»Was meinst du in Wirklichkeit, Henet?«
Henet kicherte. »Esa sagte einmal, ich hätte eine gefährliche Zunge. Vielleicht stimmt das!« Sie lachte schrill und wiegte sich hin und her. »Nun, Yahmose, kann ich in diesem Hause endlich tun, was mir beliebt?«
Yahmose betrachtete sie eine Weile, ehe er antwortete: »Ja, Henet. Du bist so klug. Du sollst tun, was dir beliebt.«
Er wandte sich ab und traf Hori, der soeben aus der Haupthalle kam und zu ihm sagte: »Da bist du ja, Yahmose. Imhotep wartet auf dich. Es ist Zeit, zum Grab zu gehen.«
Yahmose nickte. »Ich komme.« Er senkte die Stimme: »Hori, ich glaube, Henet ist von den Teufeln besessen.«
»Sie ist eine merkwürdige und böse Frau, scheint mir.«
»Hori, ich glaube, Renisenb droht Gefahr.«
»Von Henet?«
»Ja. Sie hat mir gerade angedeutet, daß Renisenb als nächste gehen wird.«
Imhoteps aufgebrachte Stimme ertönte: »Muß ich denn den ganzen Tag warten? Was für ein Benehmen ist das! Niemand nimmt mehr Rücksicht auf mich. Wo ist Henet? Henet versteht mich.«
Aus dem Wäscheraum erklang Henets frohlockendes Gekicher: »Hast du das gehört, Yahmose?«
Yahmose erwiderte ruhig: »Ja, Henet, ich verstehe. Du hast Macht. Du und mein Vater und ich, wir drei zusammen ...«
Hori entfernte sich. Yahmose sprach noch einige Worte mit Henet, die ihm zunickte; ihr Gesicht strahlte in bösartigem Vergnügen.

Dann gesellte Yahmose sich zu Imhotep und Hori und entschuldigte sich wegen der Verzögerung. Die drei Männer gingen miteinander zum Grab hinauf.

Für Renisenb verstrich der Tag nur langsam.

Von innerer Unruhe getrieben, trat sie auf den Vorplatz, begab sich zum See und kehrte ins Haus zurück.

Zur Mittagszeit kam Imhotep wieder. Er ließ sich auf dem Vorplatz nieder, wo Renisenb sich zu ihm setzte.

Ab und zu blickte sie zu ihrem Vater auf. Sein Gesicht trug immer noch den geistesabwesenden, verwirrten Ausdruck. Er sprach wenig. Ein paarmal seufzte er tief.

Einmal stand er auf und rief nach Henet. Aber gerade da war Henet mit dem Linnen zu den Einbalsamierern gegangen.

Renisenb erkundigte sich, wo Hori und Yahmose wären.

»Hori wollte nach den fernen Flachsfeldern sehen«, gab Imhotep Bescheid. »Die Ernte muß aufgeschrieben werden. Yahmose ist bei den Pflanzungen. Es ruht jetzt alles auf ihm . . . Wehe über Sobek und Ipy! Meine Söhne, meine schönen Söhne . . .«

Renisenb versuchte ihn schnell abzulenken.

»Kann Kameni nicht die Arbeit beaufsichtigen?«

»Kameni? Wer ist Kameni?«

»Kameni, der Schreiber. Kameni, den ich heiraten wc de.«

Er starrte sie an.

»Du, Renisenb? Aber du sollst doch Khay heiraten.«

Sie seufzte, sagte jedoch nichts mehr. Es dünkte sie grausam, ihn in die Gegenwart zurückzureißen.

Doch nach einer Weile richtete er sich auf und rief plötzlich: »Natürlich, Kameni! Er ist in die Brauerei gegangen, um dem Aufseher einige Anweisungen zu geben. Ich muß zu ihm.«

Er schritt davon, wobei er vor sich hin murmelte, aber er hatte wieder seine frühere stolze Haltung angenommen, so daß Renisenb sich ein wenig getröstet fühlte. Vielleicht war diese Geistestrübung nur vorübergehend. Sie blickte um

sich. Die Stimmung im Haus und auf dem Hof hatte heute etwas Finsteres. Die Kinder hielten sich auf der anderen Seite des Sees auf. Kait war nicht bei ihnen, und Renisenb fragte sich, wo sie wohl sein mochte.
Da kam Henet auf den Vorplatz heraus. Sie schaute rings umher und glitt dann zu Renisenb. Sie gab sich wieder ganz demütig und schmeichlerisch.
»Ich habe auf eine Gelegenheit gewartet, um mit dir allein zu sprechen, Renisenb.«
»Warum, Henet?«
Henet senkte die Stimme.
»Ich habe dir etwas auszurichten – von Hori.«
»Was denn?« fragte Renisenb eifrig.
»Er läßt dich bitten, zum Grab hinaufzukommen.«
»Jetzt?«
»Nein, du sollst eine Stunde vor Sonnenuntergang dort sein. Wenn er nicht da ist, möchtest du auf ihn warten. Es ist wichtig, läßt er dir sagen.« Henet machte eine Pause und fügte dann hinzu: »Ich sollte eine Gelegenheit abpassen, dir das unter vier Augen mitzuteilen. Niemand darf es wissen.«
Henet verschwand ebenso leise, wie sie gekommen war.
Renisenbs Lebensgeister hoben sich. Sie freute sich auf den Frieden und die Ruhe oben beim Grab. Ein wenig wunderte sie sich nur, daß Hori seine Botschaft gerade Henet anvertraut hatte.
Brauche ich Henet überhaupt zu fürchten? dachte Renisenb. Ich bin stärker als sie.
Sie reckte sich stolz. Sie fühlte sich jung und voller Lebenslust.

Nachdem Henet die Botschaft ausgerichtet hatte, begab sie sich wieder ins Wäschezimmer. Sie lachte still vor sich hin.
Sie beugte sich still über die in Unordnung geratenen Linnenstöße. »Bald brauchen wir noch mehr von euch«, sagte sie zu den Laken. »Hörst du mich, Ashayet? Ich bin jetzt hier die Herrin, und ich kann dir verraten, daß dein Linnen bald eine neue Leiche umhüllen wird. Wer wird es wohl sein, was

glaubst du? Hihi! Du hast nicht viel ausrichten können, nicht wahr? Weder du noch deiner Mutter Brüder, der Nomarch! Gerechtigkeit? Welche Gerechtigkeit gibt es in dieser Welt? Beantworte mir das!«
Hinter den Linnenballen entstand eine Bewegung. Henet wandte den Kopf.
Da wurde ein großes Tuch über sie geworfen, das ihr Mund und Nase erstickte. Eine unerbittliche Hand wickelte den Stoff immer fester um ihren Leib, umhüllte sie wie eine Leiche, bis ihr Widerstand erstarb ...

23

Zweiter Monat des Sommers – 17. Tag

Renisenb saß im Eingang zur Felsenkammer und blickte traumverloren über den Nil.
Sie dachte an Horis Worte über die Verderbnis, die von innen kam, und sie erkannte jetzt, daß er sie damals schon hatte vorbereiten wollen. Sie war so sicher, so blind gewesen ...
Nofret hatte kommen müssen, damit ihr die Augen aufgingen über ihre Familie.
Ja, mit Nofrets Ankunft hing alles zusammen.
Mit Nofret war der Tod gekommen ...
Und das Böse war noch immer mitten unter ihnen.
Renisenb erschauerte und stand auf.
Sie konnte nicht länger auf Hori warten. Die Sonne war im Begriff unterzugehen. Warum mochte er wohl nicht gekommen sein?
Sie sah um sich und begann den Pfad ins Tal hinabzugehen.
Ringsum herrschte Stille zu dieser Abendstunde. Was hatte Hori aufgehalten? Wenn er gekommen wäre, dann hätten sie wenigstens diese Stunde gemeinsam erleben können.
Es blieben ihr nicht mehr viele solcher Stunden. Wenn sie

erst Kamenis Frau war ... Oh, aber sie liebte Kameni doch, den schönen jungen Mann mit dem lachenden Antlitz, und sie wollte ihn heiraten, weil sie selber es so wünschte, nicht weil ihre Familie es verfügt hatte.

Hatte sie nicht einmal zu Hori gesagt, daß sie diesen Pfad in Nofrets Todesstunde allein hinuntergehen müsse? Einerlei, ob sie sich fürchtete oder nicht ...

Nun, sie tat es jetzt. Gerade zu dieser Stunde hatten sie und Satipy sich über Nofrets Leiche gebeugt. Und ungefähr zu dieser Stunde war Satipy ihrerseits den Pfad hinuntergegangen und hatte plötzlich zurückgeblickt – um ihrem Verhängnis ins Auge zu sehen.

Gerade an dieser Stelle auch. Was hatte Satipy gehört, das sie veranlaßt hatte, sich plötzlich umzublicken?

Schritte?

Schritte ... aber Renisenb hörte ja jetzt Schritte hinter sich ... Schritte, die ihr folgten.

Ihr Herz klopfte angstvoll. Es stimmte also! Nofret befand sich hinter ihr, folgte ihr ...

Furcht ergriff sie, aber sie ging nicht langsamer. Sie eilte auch nicht weiter. Sie mußte die Furcht überwinden, denn ihres Wissens hatte sie nichts zu bereuen ...

Sie beruhigte sich, nahm all den Mut zusammen, und dann wandte sie, weitergehend, den Kopf.

Da empfand sie große Erleichterung. Yahmose folgte ihr. Kein Geist aus dem Totenreich, sondern ihr Bruder. Offenbar hatte er in der Opferkammer zu tun gehabt und sie verlassen, kurz nachdem Renisenb daran vorbeigekommen war.

Mit einem kleinen frohen Aufschrei blieb sie stehen.

»Oh, Yahmose, ich freue mich, daß es du bist.«

Er kam schnell näher. Sie wollte gerade weitersprechen, wollte ihm von ihrer törichten Angst berichten, als die Worte auf ihren Lippen gefroren.

Das war nicht der Yahmose, den sie kannte – der sanfte, freundliche Bruder. Seine Augen glänzten, und er fuhr sich mit der Zunge über den trockenen Mund. Die Hände, die er vor sich hielt, waren leicht gekrümmt, so daß seine Finger wie Krallen aussahen.

Er blickte sie an, und der Ausdruck in seinen Augen war unmißverständlich. Es war der Ausdruck eines Menschen, der getötet hatte und abermals töten wollte. Sein Gesicht trug eine wollüstige Unbarmherzigkeit zur Schau, eine böse Befriedigung.

Der unerbittliche Feind war Yahmose! Hinter der Maske des sanften, freundlichen Antlitzes – dies!

Renisenb schrie auf – es war ein schwacher, hoffnungsloser Schrei.

Der Tod nahte ihr. Mit Yahmoses Kraft konnte sie sich nicht messen. Hier, wo Nofret abgestürzt war, wo der Pfad sich verengte, hier mußte auch sie zu Tode stürzen ...

»Yahmose!«

Es war eine letzte flehentliche Bitte – in diesem Ausruf seines Namens lag die ganze Liebe, die sie immer für ihren ältesten Bruder gehegt hatte.

Sie flehte umsonst. Yahmose stieß ein leises, unmenschliches, glückliches Lachen aus.

Dann stürzte er vorwärts, und seine grausamen Hände krümmten sich, als ob es sie danach verlangte, sich um ihren Hals zu legen ...

Renisenb lehnte sich an die Felswand und streckte abwehrend die Arme aus in einem vergeblichen Versuch, ihn von sich abzuhalten. Letztes Entsetzen ... der Tod ...

Und da hörte sie einen Laut, ein leises, melodiöses Schwirren ... Etwas kam singend durch die Luft geflogen. Yahmose blieb jählings stehen, schwankte und fiel dann mit einem lauten Schrei bäuchlings zu ihren Füßen nieder. Benommen starrte sie auf den Federschaft eines Pfeils. Dann blickte sie hinab – dort unten stand Hori; er hielt den Bogen immer noch schußbereit.

»Yahmose ... Yahmose ...«

Immer wieder murmelte Renisenb, vor Schreck wie gelähmt, den Namen. Sie konnte es nicht glauben ...

Sie stand vor der kleinen Felsenkammer; Hori hatte den Arm um sie gelegt. Sie vermochte sich kaum zu erinnern, wie er sie wieder hinaufgeführt hatte. Sie war nur fähig gewesen,

voller Staunen und Entsetzen den Namen zu wiederholen.
Hori sagte milde: »Ja, Yahmose. Die ganze Zeit.«
»Aber wie? Und warum? Und wie konnte er es sein – er wurde ja selber vergiftet. Er starb beinahe.«
»O nein. Er trank sehr vorsichtig von dem Wein, nur gerade so viel, daß er krank wurde, und er übertrieb sein schlechtes Befinden. Lediglich auf diese Weise konnte er den Verdacht von sich ablenken, das wußte er.«
»Aber er kann doch Ipy nicht getötet haben! Er war ja so schwach, daß er kaum zu stehen vermochte!«
»Auch das täuschte er vor. Entsinnst du dich nicht, daß Mersu sagte, er würde schnell wieder zu Kräften kommen, sobald das Gift seinen Körper verlassen hätte? So war es in Wirklichkeit.«
»Aber warum, Hori? Das begreife ich nicht – warum?«
Hori seufzte.
»Weißt du noch, Renisenb, wie ich einmal mit dir über die Verderbnis sprach, die von innen kommt?«
»O ja. Ich dachte erst heute abend daran.«
»Du meintest, Nofret hätte das Böse mitgebracht. Das stimmt nicht. Das Böse war schon hier im Herzen des Hauses verborgen. Nofret zerrte es bloß ans Licht. Ihre Anwesenheit ließ kein Verstecken mehr zu. Kaits sanfte Mütterlichkeit wurde zu unbarmherziger Selbstsucht, die nur auf das eigene Wohl und das ihrer Kinder bedacht war. Sobek verwandelte sich von einem fröhlichen, bezaubernden jungen Mann in einen prahlerischen, ausschweifenden Schwächling. Ipy war kein verwöhntes, reizvolles Kind mehr, sondern ein eigensüchtiger Jüngling, der Pläne schmiedete. Obwohl Henet ergebene Liebe heuchelte, begann das Gift sich deutlich zu zeigen. Die einst so herrschsüchtige Satipy wurde feige. Sogar Imhotep verlor seine Würde.«
»Ja, ja, das habe ich auch festgestellt.« Renisenb wischte sich die Augen. »Aber warum mußte diese Verderbnis von innen kommen?«
Hori zuckte die Schultern.

»Vielleicht muß es immer ein Wachstum geben, und wenn man nicht gütiger, weiser und größer werden kann, dann richtet sich das Wachstum nach der andern Seite und treibt die bösen Dinge weiter. Vielleicht ist die Verderbnis aber auch wie eine ansteckende Krankheit.«

»Doch Yahmose ... gerade er schien stets der gleiche zu sein.«

»Ja, und das ist der eine Grund, warum ich ihn verdächtigte. Die andern schufen sich durch ihr Temperament eine gewisse Erleichterung. Yahmose aber ist immer schüchtern gewesen, leicht lenkbar und zu zaghaft, um sich aufzulehnen. Er liebte Imhotep und arbeitete hart, um ihm gefällig zu sein, und Imhotep fand ihn gutwillig, aber dumm und langsam. Er verachtete ihn. Auch Satipy behandelte ihn mit der ganzen Überlegenheit ihrer herrschsüchtigen Natur. Allmählich wurde sein Groll immer stärker, fraß sich immer tiefer in ihn ein. Je schwächer er wirkte, desto mehr tobte innerlich seine Wut. Und dann, gerade als er hoffen durfte, endlich den Lohn für seinen Fleiß zu erhalten und von seinem Vater zum Teilhaber ernannt zu werden, gerade da kam Nofret. Nofret war der zündende Funke. Sie verletzte alle drei Brüder in ihrer Männlichkeit, und sie bewirkte, daß Satipys beißende Zunge für Yahmose unerträglich wurde. Satipys Hohnworte, ihre Behauptung, sie wäre mehr Mann als er, raubten ihm die Selbstbeherrschung. Er traf Nofret auf diesem Pfad hier, und in seiner rasenden Wut stieß er sie hinunter.«

»Aber es war doch Satipy ...«

»Nein, nein. In diesem Punkt habt ihr euch alle geirrt. Satipy war Zeuge seiner Tat – sie stand unten. Verstehst du jetzt?«

»Yahmose befand sich doch mit dir auf der Pflanzung.«

»Ja, während der letzten Stunde. Aber du mußt dir einmal klarmachen, Renisenb, daß Nofrets Leiche schon kalt war, als du sie fandest. Du hast selber ihre Wange berührt. Du dachtest, sie wäre kurz vorher erst abgestürzt, doch das war unmöglich. Sie muß schon mindestens seit zwei Stunden tot gewesen sein, sonst hätte sich ihr Gesicht in der heißen Sonne nicht kalt angefühlt. Satipy sah, wie es geschah. Sie trieb sich hier herum, von Angst erfüllt, ohne zu wissen, was sie tun sollte; dann erblickte sie dich und versuchte dich zurückzuhalten.«

»Hori, seit wann weißt du das alles?«

»Ich vermutete es schon bald. Satipys Benehmen brachte mich darauf. Offensichtlich fürchtete sie sich vor jemandem, und ich war dann überzeugt, daß die Person, vor der sie sich fürchtete, Yahmose war. Sie beherrschte ihn nicht mehr, sondern trachtete danach, ihm in jeder Weise zu gehorchen. Sie hatte einen großen Schrecken erlebt, verstehst du. Gerade Yahmose, den sie als den schwächsten aller Männer verachtete, hatte Nofret getötet. Dadurch wurde für Satipy die ganze Welt auf den Kopf gestellt. Wie die meisten herrschsüchtigen Frauen war sie feige. Dieser neue Yahmose ängstigte sie. Von ihrer Furcht getrieben, begann sie im Schlaf zu reden. Es wurde Yahmose bald klar, daß sie für ihn eine Gefahr bedeutete ...

Und nun, Renisenb, kannst du dir selber klarmachen, was du an jenem Tag mit eigenen Augen gesehen hast. Es war kein Geist, den Satipy sah, so daß sie strauchelte. Sie sah das gleiche wie du heute. Sie sah in dem Gesicht ihres Gatten, der ihr folgte, die Absicht, sie hinunterzustoßen, wie er die andere Frau hinuntergestoßen hatte. In ihrem Entsetzen strauchelte sie, verlor das Gleichgewicht und stürzte ab. Und als ihre Lippen im Sterben das Wort ›Nofret‹ formten, da versuchte sie dir zu sagen, daß Yahmose Nofret ermordet hatte.«

Hori schaltete eine Pause ein und fuhr dann fort:

»Esa fand durch eine Bemerkung, die Henet in ganz anderem Zusammenhang machte, die Wahrheit heraus. Henet beklagte sich, daß ich sie nicht ansähe, sondern auf etwas hinter ihr blickte. Dann sprach Henet von Satipy. Blitzartig erkannte Esa, wie einfach die Lösung des Rätsels war. Satipy hatte nicht etwas hinter Yahmose gesehen, sondern sie hatte Yahmose gesehen. Um sich zu überzeugen, brachte Esa die Rede darauf, aber so, daß außer Yahmose niemand ahnen konnte, was sie meinte – falls ihr Verdacht zutraf. Ihre Worte überraschten ihn, und er verriet sich irgendwie, vielleicht nur mit einem Blick oder einer kleinen Bewegung; jedenfalls hatte sie nun die Gewißheit, daß ihr Verdacht stimmte. Aber Yahmose wußte nun, daß sie ihn verdächtigte. Und nachdem einmal ein Verdacht sich erhob, fügte alles sich ineinander, sogar die Geschichte, die der Viehhirte erzählt hatte – ein Knabe, der seinem Herrn Yahmose vollkommen ergeben war und alles tat, was er ihm befahl, der auch willig die Medizin schluckte, die ihn in ewigen Schlaf versenkte ...«

»O Hori, es ist so schwer zu glauben, daß Yahmose so etwas tun konnte! Nofret, ja ... das verstehe ich. Aber wozu die anderen Morde?«

»Es läßt sich nicht leicht erklären, Renisenb, aber wenn das Herz sich erst einmal dem Bösen geöffnet hat ... das Böse blüht wie der Mohn im Korn. Vielleicht hatte sich Yahmose sein ganzes Leben lang nach Gewalttaten gesehnt, ohne sie ausführen zu können. Er verabscheute die untergeordnete Rolle des Schwächlings, die er spielen mußte. Ich glaube, daß ihm die Ermordung Nofrets ein starkes Machtgefühl verliehen hat. Das wurde ihm zuerst durch Satipy klar, die ihn nun fürchtete. All die Kümmernisse, die so lange in seinem Herzen begraben gelegen hatten, hoben jetzt den Kopf – wie die Schlange sich damals hier erhob. Sobek war schöner, Ipy klüger als er – deshalb mußten sie aus dem Weg geräumt werden. Ja, Yahmose wollte der Herrscher im Hause sein, die einzige Stütze seines Vaters! Satipys Tod trug dann dazu bei, daß ihm das Töten Freude und Befriedigung bereitete. Sein Machtgefühl wuchs dadurch. Danach verlor er gänzlich die Beherrschung über den Geist, von da an war er ganz und gar vom Bösen besessen.

Du warst keine Nebenbuhlerin, Renisenb. Soweit er dessen noch fähig war, liebte er dich. Aber er konnte den Gedanken nicht ertragen, daß dein Gatte den Besitz mit ihm teilen sollte. Ich glaube, daß Esa deiner Heirat mit Kameni aus zweierlei Gründen zustimmte – erstens nahm sie an, daß Yahmose, falls er wieder zuschlug, eher auf Kameni als auf dich zielen würde, und auf jeden Fall vertraute sie darauf, daß ich über dich wachen würde; und zweitens wollte Esa die Dinge auf die Spitze treiben, denn sie war ein kühner

Mensch. Ich sollte Yahmose, der ja nicht ahnte, daß auch ich ihn verdächtigte, bei der Tat ertappen.«
»Das hast du ja auch getan«, sagte Renisenb. »O Hori, ich erschrak fürchterlich, als ich zurückblickte und ihn sah.«
»Ich weiß, Renisenb; aber es mußte sein. Solange ich mich an Yahmoses Seite hielt, warst du sicher, doch das konnte nicht ewig so weitergehen. Ich wußte, daß er dich an der gleichen Stelle vom Pfad hinunterstoßen würde, sobald sich ihm eine Gelegenheit bot. Damit hätte er die abergläubischen Erklärungen der Todesfälle bekräftigt.«
»Die Botschaft, die Henet mir brachte, stammte also nicht von dir?«
Hori schüttelte den Kopf.
»Ich ließ dir keine Mitteilung zukommen.«
»Aber warum hat Henet dann ...« Renisenb hielt verwirrt inne. »Ich begreife nicht, was für eine Rolle Henet bei all den Geschehnissen gespielt hat.«
»Ich glaube, Henet kennt die Wahrheit«, sagte Hori nachdenklich. »Heute morgen hat sie Yahmose gegenüber einige Andeutungen fallenlassen – eine gefährliche Handlungsweise. Er bediente sich ihrer, um dir hier aufzulauern, und sie gab sich bereitwillig dazu her, weil sie dich haßt, Renisenb.«
»Ich weiß.«
»Henet glaubt wohl, daß ihr Wissen ihr Macht verleihen würde. Aber ich bezweifle, daß Yahmose sie noch lange hätte leben lassen. Vielleicht hat er sie sogar schon ...«
Renisenb erschauerte.
»Yahmose war wahnsinnig«, sagte sie. »Er war von bösen Geistern besessen, aber so stand es nicht immer mit ihm.«
»Nein, und gleichwohl ... erinnerst du dich, Renisenb, ich erzählte dir doch einmal, daß Sobek als Kind Yahmose heftig schlug und daß deine Mutter blaß und zitternd herzukam und rief: ›Das ist gefährlich!‹ Wahrscheinlich meinte sie damit, es sei gefährlich, Yahmose so etwas anzutun. Vergiß nicht, am nächsten Tag war Sobek krank – man hielt es für eine Fleisch- oder Fischvergiftung; doch deine Mutter wußte wohl Bescheid über die sonderbare, zurückgedämmte Wut,

die in der Brust ihres sanften, schwachen Söhnchens schwelte, und sie befürchtete, daß sie eines Tages aufflammen könnte ...«

Wieder lief Renisenb ein Schauer über den Rücken.

»Ist denn niemand, was er scheint?« fragte sie.

Hori lächelte sie an.

»Doch, einige wohl. Kameni und ich sind so, wie du uns siehst, denke ich. Kameni und ich ...«

Die letzten Worte sprach er mit besonderer Betonung, und mit einem Mal wurde Renisenb klar, daß sie an einem Scheideweg ihres Lebens stand.

Hori fuhr fort:

»Wir lieben dich beide, Renisenb. Du weißt das sicher.«

»Und doch hast du zugelassen, daß meine Heirat beschlossen wurde«, erwiderte sie langsam. »Du hast nichts gesagt.«

»Es geschah zu deinem Schutz. Esa dachte ebenso. Ich mußte unbeteiligt und fern bleiben, damit ich Yahmose dauernd überwachen konnte, ohne seine Feindschaft zu erregen.« Bewegt fügte Hori hinzu: »Du mußt bedenken, Renisenb, daß Yahmose jahrelang mein Freund war. Ich liebte Yahmose sehr. Ich versuchte, deinen Vater zu beeinflussen, daß er ihm die Stellung verlieh, die er sich wünschte. Es gelang mir nicht. Dann war es zu spät. Obwohl ich zumindest überzeugt war, daß Yahmose Nofret getötet hatte, wollte ich es nicht glauben. Ich suchte sogar Entschuldigungsgründe für seine Tat. Yahmose, mein unglücklicher, gequälter Freund, war mir sehr teuer. Als dann Sobek, Ipy und schließlich auch Esa tot waren, da wußte ich, daß das Böse in Yahmose das Gute endgültig ausgelöscht hatte. Und so ist Yahmose durch meine Hand gestorben. Er hat einen schnellen, fast schmerzlosen Tod erlitten.«

»Tod ... immerzu Tod ...«

»Nein, Renisenb, heute siehst du nicht dem Tod entgegen, sondern dem Leben. Mit wem willst du dieses Leben teilen? Mit Kameni oder mit mir?«

Renisenb blickte über das Tal auf den Silberstreifen des Nils.

Vor ihr erstand sehr deutlich das lächelnde Antlitz Kamenis, wie sie es an jenem Tag im Boot gesehen hatte. Schön, stark, fröhlich war er ... Sie fühlte wieder ihr Blut klopfen. Sie liebte Kameni. Kameni konnte den Platz einnehmen, den Khay in ihrem Leben innegehabt hatte.
Sie dachte: Wir werden glücklich miteinander sein. Und wir werden gesunde, schöne Kinder haben. Es wird Tage der Arbeit geben und Tage der Freude. Das Leben wird wieder sein, wie ich es mit Khay kannte. Was könnte ich mehr verlangen? Was wünsche ich mir anderes?
Langsam wandte sie Hori das Gesicht zu. Es war, als ob sie ihm ohne Worte eine Frage gestellt hätte.
Er schien sie zu verstehen, denn er antwortete: »Als du noch ein Kind warst, liebte ich dich schon. Ich liebte deinen ernsten Ausdruck und das Vertrauen, mit dem du zu mir kamst und mich batest, dir dein zerbrochenes Spielzeug instand zu setzen. Und dann kehrtest du nach achtjähriger Abwesenheit zurück und kamst mit den Gedanken, die dich bewegten, zu mir. Und deine Gedanken sind wie die meinen, Renisenb; sie schweifen über den Fluß hinaus und erfassen Neues.«
»Ich weiß, Hori. Ich habe das auch so empfunden. Aber nicht immer. Es gibt Augenblicke, wo ich dir nicht zu folgen vermag.«
Sie war verwirrt. Wie das Leben mit Hori sein würde, das konnte sie sich nicht vorstellen. Trotz seiner Güte, trotz seiner Liebe zu ihr blieb er in gewisser Weise unberechenbar und unverständlich. Mit ihm erlebte man reiche Stunden von großer Schönheit – aber wie würde es im Alltag sein?
Sie hielt ihm beide Hände hin.
»O Hori, entscheide du für mich. Sag mir, was ich tun soll!«
Er lächelte sie an, wie er einst das Kind Renisenb angelächelt hatte. Aber er ergriff ihre Hände nicht.
»Ich kann dir nicht sagen, was du mit deinem Leben machen sollst, Renisenb. Es ist dein Leben, über das nur du entscheiden kannst.«
Da wurde ihr klar, daß sie keine Hilfe erhielt, daß ihre Sinne nicht angesprochen wurden, wie es durch Kameni gesche-

hen war. Wenn Hori sie berührt hätte ..., aber er berührte sie nicht.
Und die Wahl stellte sich ihr mit einem Mal in einer einfachen Form dar: ein leichtes Leben oder ein schweres Leben. Da verlockte es sie sehr, sich abzuwenden und den gewundenen Pfad hinabzugehen, hinunter zu dem normalen, glücklichen Leben, das sie kannte, das sie früher mit Khay geteilt hatte. Dort erwartete sie Sicherheit, tägliche Freuden und Leiden, nichts gab es zu fürchten außer Alter und Tod.
Tod ... Von Lebensgedanken hatte sie wieder den Kreis zum Tod gezogen. Khay war gestorben. Vielleicht mußte auch Kameni sterben, und dann verblaßte sein Gesicht wie Khays Antlitz langsam in ihrer Erinnerung ...
Sie betrachtete Hori, der ruhig neben ihr stand. Sonderbar, dachte sie, daß sie nie wirklich gewußt hatte, wie Hori aussah. Sie hatte es nie zu wissen brauchen.
Nun sprach sie, und der Ton ihrer Stimme war genau wie damals, als sie verkündet hatte, daß sie bei Sonnenuntergang den Pfad allein hinuntergehen wollte.
»Ich habe meine Wahl getroffen, Hori. Ich will mein Leben mit dir teilen, im guten wie im bösen, bis der Tod kommt ...«
Als seine Arme sie umschlangen und die Berührung seiner Wange sie mit einer neuen Wonne erfüllte, durchströmte sie plötzlich ein berauschendes Lebensgefühl.
Wenn Hori sterben müßte, dachte sie, würde ich ihn nicht vergessen! Hori ist immerdar ein Lied in meinem Herzen. Das bedeutet, daß es keinen Tod mehr gibt.

Stanley Ellin

Stanley Ellin, geboren 1916 in New York, arbeitete nach dem Studium in verschiedenen Berufen. Nach dem Zweiten Weltkrieg wurde er freier Schriftsteller.
Die Romane und Erzählungen des »Meisters des sanften Schreckens« haben ihm internationalen Ruhm eingetragen. Siebenmal wurde er mit dem Edgar-Allan-Poe-Preis ausgezeichnet, und 1975 erhielt er den »Grand Prix de la Littérature Policière«. Seine Werke wurden von Regisseuren wie Claude Chabrol, Joseph Losey und Alfred Hitchcock verfilmt.
Ellin hat sich vor allem mit seinen makaber-bösen Stories einen Namen gemacht, z. B. mit *Die Segensreich-Methode* oder *Die Spezialität des Hauses*. Er schuf damit ein völlig neues, psychologisch äußerst subtiles Genre des Kriminalromans.
Ellin starb am 31. Juli 1986 in New York.

Der Acht-Stunden-Mann
Im Kreis der Hölle
Die Millionen des Mr. Valentin
Nagelprobe mit einem Toten
Die schöne Dame von nebenan
Spezialitäten des Hauses
Die Tricks der alten Dame
Der Zweck heiligt die Mittel

Ian Fleming

Ian Fleming, geboren am 28. Mai 1908 in London als Sohn eines Bankiers, studierte in München und Genf Psychologie. 1933 ging er für die Nachrichtenagentur Reuter als Korrespondent nach Moskau. Während des Zweiten Weltkriegs war er hochrangiger Verbindungsoffizier beim britischen Geheimdienst. Ab 1953 schrieb er seine James-Bond-007-Romane, die auf Anhieb zu Welterfolgen wurden und, verfilmt, ein Millionenpublikum begeisterten. Am 11. August 1964 starb er im Canterbury Hospital nahe London.

Die erschienenen 007-James-Bond-Romane:

Countdown für die Ewigkeit
Du lebst nur zweimal
Der goldene Colt
Goldfinger
Der Hauch des Todes
Im Angesicht des Todes
Im Dienst Ihrer Majestät
007 James Bond jagt Dr. No
Liebesgrüße aus Athen
Liebesgrüße aus Moskau
Mondblitz
Octopussy
  und andere riskante
  Geschäfte
Sag niemals nie
Der Spion, der mich liebte